富貴桃花妻

3

完

凌嘉 著

風 文創 866

目錄

第四十八章 …… 005
第四十九章 …… 019
第五十章 …… 035
第五十一章 …… 047
第五十二章 …… 061
第五十三章 …… 075
第五十四章 …… 087
第五十五章 …… 101
第五十六章 …… 113
第五十七章 …… 127
第五十八章 …… 139
第五十九章 …… 153
第六十章 …… 167
第六十一章 …… 179
第六十二章 …… 191
第六十三章 …… 205
第六十四章 …… 217
第六十五章 …… 231
第六十六章 …… 247
第六十七章 …… 261
第六十八章 …… 275
番外一 家務事 …… 287
番外二 長樂無憂 …… 299

第四十八章

李慕歌渾然不知自己成了李佑顯的假想敵，只覺得終於把「論文」寫完，交出一份大作業，像放了假一樣開心。

環環回到體元殿，見她斜倚在軟榻上吃水果，提醒道：「明天就是中秋晚宴，您赴宴的衣裝還沒準備呢。」

李慕歌不甚在意地說：「衣服那麼多，穿哪件都可以。」

環環卻很在意。「已經沒有新衣了，我剛剛去打聽了一下，五公主和六公主特地為晚宴做了新衣，明天您豈不是要落下風？」

「沒關係啦，挑一身他們沒見過我穿的，就跟新衣服一樣。」反正明天顧南野不會赴宴，她打扮給誰看？

想起顧南野，李慕歌便開始心癢。

自進宮後，他們好些天沒見了，不知他在忙什麼？

下午，各家的中秋節禮到了，顧夫人和顧南野也替她準備禮物。

顧南野送的是一套文房四寶，怪沒意思的。

李慕歌把玩著他送的毛筆，琢磨道：「明天一早，我們去侯府送節禮吧。」

要賞各家的節禮早已準備好，會由宮人送出去，何須她親自出門？明擺著是想出宮找顧南野，環環也就不拆穿她了。

中秋節，顧南野難得待在家，聽說李慕歌過來，便去門口迎接。

「今天不是有事嗎？怎麼出宮了？」顧南野牽著她進府。

中秋宴是晚上，宗親們午後才會陸續進宮，所以李慕歌上午是空閒的。

「趕回去赴宴就行啦。」

顧夫人一早便去了柱國公府送節禮，顧南野便直接把李慕歌帶到思齊院。

李慕歌走進書房，一眼瞧見顧南野書桌上的文房四寶，跟他送她的一模一樣。

情侶款?!

李慕歌心中雀躍，道：「原先還想侯爺在中秋節送文房四寶，實在太無趣了，沒想到你用的也是這套。」

顧南野笑了一下。「這不是中秋節禮物，是給妳的獎勵。」

李慕歌好奇地問：「什麼獎勵？」

顧南野說：「妳的文章寫得很好，已經被宋夕元領回去鑽研了。」

這些天的晚上，他一直在研讀她寫的東西，越發覺得小姑娘的可貴。

原來是這樣。

「那我的中秋節禮呢？」李慕歌湊上前，伸手要禮物。
多日沒見她，顧南野十分想念她，彎腰上前，在她臉上啄了一下。「這就是。」
李慕歌難以置信地看著顧南野。「侯爺，你竟然學會耍無賴了！明明占我便宜……」
太吃虧了！
顧南野是故意逗她，接著順勢抓住她的手，牽在自己的大掌中。
李慕歌覺得手腕上涼涼的，低頭一看，一只晶瑩通透的翡翠鐲子已經戴在手上。
她把手舉到眼前，驚喜不已。「謝謝侯爺。」
女人的珠寶首飾，再多也不嫌多，何況這只翡翠鐲子成色極好，哪怕李慕歌在宮裡見多了好東西，也知道是珍品。
原本顧南野不在意送禮物這種事，但這麼簡單的舉動能讓小姑娘很開心，何樂不為？
而且，他也漸漸發現了其中的樂趣。
他裝禮物的匣子已經很久沒有添置新東西了，便問道：「我的呢？」
李慕歌瞬間表情僵硬。
她最近很忙，沒工夫準備，而且環環說備好了節禮，便沒多操心。
她真後悔，自己為什麼伸手要中秋節禮物！
「在院裡……」她指著外面。
月餅、桂花酒、醬鴨？

顧南野要的可不是這些。

小姑娘變了，無論是以前的葉桃花，還是曾待在金陵的葉太玄，都喜歡送禮物給他，但現在卻開始敷衍了。

顧南野有點發愁。

李慕歌見他神色微變，再看看自己手上價值連城的翡翠，十分心虛。

「之後我……我一定補上。」

顧南野冷冷道：「兩個。」

啊？還翻倍？

顧南野見她不解，解釋道：「生日禮物還沒補。」

好吧，原來還有去年的舊帳，她真的忘了。

李慕歌也發愁了，她的手藝差，不想再送上不得檯面的禮物。

但她有的好東西都是皇家賜的，或顧南野送的，也買不到什麼好東西，這要怎麼辦？

她嘆了口氣。「要不，我把自己送你算了。」

顧南野眼神微暗，雖未說話，但心裡已有聲音在叫囂。

把她送給他？

小姑娘是不是不知道自己在說什麼？

他用力將李慕歌抱到寬大結實的紅木書桌上，兩人平視著。

「怎麼送？」低沈的嗓音撩撥著李慕歌的心弦。

李慕歌低下頭，抬手微微遮住自己的唇，後悔逞一時嘴快，又難以收尾了。

顧南野伸出食指，勾起她的下巴，讓她看著他。

他的眼中，濃烈情意直接而熾熱，溫暖氣息和霸道氣場交融在一起，包圍著她，激得她內心激盪，似有什麼東西要翻湧而出。

「侯爺……」李慕歌凝視他，望進他的眼底，雙手情不自禁抬起，環住他的脖子，想要貼緊他結實寬大的胸膛。

如果可以，李慕歌真的不介意把自己送給他，怎麼送都行。

但是，現在這具身子才十四歲，兩人不僅未成婚，連訂婚也不順利，這個朝代也不允許他們做出格的事。

為了以後能順利長久地在一起，現在只能選擇克制。

李慕歌如一隻乖巧的貓，依偎著顧南野，聞到他的氣息，覺得十分安心。

顧南野回應小姑娘的擁抱，一手環著她的腰、一手扣住她的後腦勺，把她包裹在懷裡，低下頭，極為克制地吻她的額頭。

「太便宜妳了。」話語中，竟有些委屈。

李慕歌理虧，示弱地扯住顧南野的衣袖。

「要不，我寫欠條畫押，以後補上……」

話落，她萬萬沒想到，顧南野竟真的騰出一隻手，開始磨墨，接著鋪好紙，把毛筆放到她手中。

「寫吧！」

李慕歌愣住了。「怎麼寫？我沒寫過欠條。」

顧南野平穩地說：「欠禮兩份，以身相抵。太平元年仲秋，李慕歌。」

以身相抵……

李慕歌臉都燒紅了，但看顧南野不苟言笑的樣子，很是認真，那……寫就寫吧。

顧南野忍笑忍得快憋不住，小姑娘被連唬帶嚇的，居然什麼都肯寫。看著「欠條」，發現最後落款的名字是「曲慕歌」。

「曲？」

「呀！」李慕歌寫得順手，竟把本名寫出來，想到顧南野已經猜到她的情況，便直接道：「以前我不姓李，姓曲。」

顧南野更滿意了，他要的從來不是李慕歌，而是真正的她。

他把欠條吹乾收起來，李慕歌跟在他身後直叫道：「你要收好，收拾房間的人不會看到吧？萬一讓別人看到，真的丟死人了！」

顧南野不理會她的叫嚷，帶她出了書房。

他不能再這樣跟她單獨相處了，克制得很難受。

幸而顧夫人從柱國公府送禮回來，成功讓顧南野恢復正常。

李慕歌在侯府吃過午飯，待到差不多該準備赴宴時才回宮。

回程，馬車在入宮時被堵住了。

環環出去查看，對李慕歌說：「咱們回來晚了，宮門設防，已經不許進馬車，只能跟賓客一起走進去。」

走就走吧。

平時，李慕歌沒什麼公主架子，隨意得很。

沒走幾步，她就被人喊住了。

出聲的不是別人，正是霍旭和霍明媚。

霍旭見李慕歌沈下神色，知道她不愛搭理他，在她扭頭離開前道：「公主，十分抱歉，方才我妹妹弄髒了衣裙，您能不能幫幫她？」

李慕歌聞言，皺眉去看霍明媚，見她曳地的長裙上染了一片泥漿，像是被攪進車輪裡了，的確不好見人。

雖然不情願，但李慕歌還是對霍明媚道：「妳跟我來吧。」

霍旭作勢要一起走，李慕歌說：「世子先去宴廳，等會兒我帶郡主過去。」

霍旭沒想到李慕歌這麼謹慎，也沒別的藉口，只好自己離開了。

霍明媚跟著李慕歌去體元殿，一路上一直盯著她，似是有話想說，又不敢說。

她不說，李慕歌也不想多事地問她。

回體元殿後，李慕歌找出一條可以搭配她衣服的裙子。「我沒有全新的衣服了，這件只穿過一次，若妳不嫌棄，就換上吧。」

霍明媚接過裙子，道謝著換了。

借到衣服，霍明媚覺得自己彷彿跟李慕歌更熟悉了些，開口問：「公主，妳跟大皇子的感情是不是很好呀？我十分仰慕他，能幫我引薦一下嗎？」

李慕歌意外地看霍明媚一眼，她竟然是李佑顯的小粉絲？

「行啊，等會兒在筵席上見到，我替妳介紹。」

霍明媚十分高興，再三道謝。

片刻後，她們離開體元殿，轉頭便遇到從長春宮出來的李佑顯，真是說曹操，曹操到。

自他跟向家訂下婚事，他跟向貴嬪算是明面上鬧翻了，這時來長春宮，有些奇怪。

李慕歌跟他見禮，將霍明媚介紹給李佑顯。「大皇兄，這是燕北王的女兒，明媚郡主。」

李佑顯的心情有些不好，簡單向兩個小姑娘點頭示意，說：「快開宴了，妳們趕緊去吧，不要耽誤。」

「好。」

李佑顯匆匆走了，霍明媚看著他的身影，滿臉難以置信。

李慕歌見她的神情不像驚喜，反倒是驚嚇，便問：「郡主，妳不是想見大皇兄嗎？剛剛見到了，怎麼不跟他說話？」

霍明媚結結巴巴地問：「他、他是大皇子？不對啊，那昨天跟妳在一起的男子是誰？」

李慕歌瞬間了然。

原來霍明媚認錯人，真正仰慕的人是顧南野。

她的心情也沈下來，裝作不知道地問：「跟我一起？昨天我在書院，身邊有很多男子，不知妳說的是哪一個。」

「就是長相十分好看的那個，坐在妳旁邊。」

李慕歌不想理她，淡淡地說：「許是白家的哪位哥哥，妳去白家問問，也許能找到。時辰差不多了，咱們快走吧。」

李佑顯的腳程比較快，已先一步趕到中秋宴上。

他走到喻太后身邊，小聲說：「三弟確實病了，貴嬪娘娘急得一直哭，怕是來不了。」

喻太后點頭，淡淡道：「不來就不來吧，將她的席位撤了。」

李佑顯有些鬱悶，他才跟向思敏訂婚沒多久，向貴嬪和三皇子便不出席中秋宴，不曉得外面會傳出什麼不好的謠言。

至少，在外人面前，他希望大家認為向貴嬪、三皇子和向家都是支持他的。

李慕歌到時，也聽說李佑翔突然生病的事。

喻太后喚她過去，囑咐道：「向貴嬪不來主持，妳多照看些。」

李慕歌領命。

筵席的準備都已做好，現在要做的僅有現場調度和應急。這裡有這麼多太監和宮女，倒不用她親力親為，就是需要一個拿主意的人。

前來參加筵席的宗婦都是在家主持中饋的人，不一會兒，大家便發覺中秋宴竟是太玄公主在主持，不由驚訝地議論起來。

「……誰能想到，現在居然是她最受寵。」

「民間常說窮人家的孩子早當家，聽說她以前受過苦，能幹些也正常。」

「一點也不正常，後宮的事，能跟百姓家一樣？」

「太后正在挑駙馬，妳們看，燕北王世子都趕進京了……」

宗婦們低聲議論著，被議論的霍旭無暇顧及她們，而是被妹妹霍明媚的話驚到了。

「我們認錯人了。」

霍明媚抬頭，滿殿裡找李佑顯，看到他之後，指給哥哥看。「那個人才是大皇子，昨天那人不是。」

李佑顯穿著皇子蟒袍，身分錯不了。

霍旭變了臉色，昨天那男子不是大皇子，那會是誰？他跟李慕歌那麼親密，如果不是兄妹，那是……

霍旭捏了捏拳頭，再看向李慕歌，眼中彷彿燃燒著被背叛的火焰。

李慕歌正忙著，絲毫不知宗婦們的議論與霍旭的心思。

她命人瞧瞧賓客是否來齊，算算時辰，差不多該請雍帝過來了。

雍帝的祝酒、教坊司的歌舞、御膳房的席面，一切都進行得有條不紊。

見賓客們已在觥籌交錯間交談起來，李慕歌這才回到自己的位置上用膳。

李慕錦和李慕妍的席位就在李慕歌旁邊，一見到她，立刻湊到她身邊。

李慕錦把桌上的點心水果送給李慕歌。「三姊姊，這葡萄可甜了，我特地留給妳的。」

李慕歌道謝，說話間，長公主李慕纓從公侯席位那邊走過來，和幾個妹妹打招呼。

李慕歌跟李慕纓不熟，但李慕錦、李慕妍是跟李慕纓一塊兒長大的，感情很好。

李慕纓在席位上掃了一圈，沒有看到李慕貞；四位皇子中，也只瞧見大皇子，不由愁上心頭。

她問李慕錦。「貞妹妹連中秋宴都不來嗎？」

李慕錦搖頭。「說是病了，可誰知道到底怎麼回事。」

李慕妍擔憂地說：「許是真的病了吧。三皇弟也患上急症，不知現在如何了。」

李慕縵道：「等會兒筵席散了，我們一起去各宮看看。」說罷，又看向李慕歌。「大皇兄忙於政務，如今宮裡的弟弟妹妹中數妳最大，皇祖母又讓妳主事，要多照看大家。」

「是，皇姊。」李慕歌莫名多了一堆擔子。

李慕錦見狀，出言袒護。「平日三姊姊不住宮裡，難以處處周全，大皇姊不要怪她。」

李慕縵頓了頓，覺得自己剛剛說話帶了責備的意味，有些後悔。

她是柱國公夫人的孫媳婦，聽家中提過李慕歌和顧家的關係，不管怎麼說，都該多關照這位妹妹才是。

「三妹妹，我不是怪妳，只是太過擔心了，妳別多想。」李慕縵解釋道。

李慕歌笑著說：「沒關係，之前常聽皇祖母和妹妹們念起大皇姊的好，如何懂事得體，又是如何照顧兄弟姊妹，我能理解妳的心意。」

幾位公主聚在一起敘著家常，說起李佑顯的婚事。

李慕錦道：「聽皇祖母說，吉日訂在明年三月立春之後。」

李慕縵不滿。「那也沒剩多少日子了，怎麼這樣倉促？」

皇家的大婚典禮，準備個一、兩年是正常的。李佑顯跟向思敏剛訂婚，半年後便成婚，的確太匆忙了。

李慕錦解釋。「是父皇的意思，說大皇兄年紀不小了，不能再拖。」

李慕緩只得往好處想。「看來，是父皇急著抱孫了。」

李慕妍順勢問道：「大皇姊什麼時候把小外甥抱進宮給我們瞧瞧？」

今年初，李慕緩替柱國公府生了個長孫，宮裡宮外的人都很高興。

提到兒子，李慕緩也高興，神情溫和不少。「再過一、兩個月吧，現在外面還熱著。他可嬌氣了，熱一點、冷一點都不行。」

李慕歌靜靜聽著，因為不熟，沒有貿然插嘴。

待筵席將要結束時，環環帶著馮虎進來找李慕歌，兩人的神情都不好看。

李慕歌暗驚，立即起身過去，帶他們離了人群後，問馮虎。「出了什麼事？」

馮虎欲言又止，隱晦地說：「大皇子酒後冒犯了虯穹公主，如今封起西配殿，皇上和太后都趕過去了。」

李慕歌滿頭霧水。冒犯？什麼程度的冒犯？李佑顯跟朵丹怎會湊到一起？

環環著急地說：「大皇子一口咬定是酒水出問題，攀扯上您了。」

李慕歌一陣無語，真是人在殿中坐，鍋從天上來。

「過去看看吧。」她說著，帶馮虎和環環一起去了西配殿。

第四十九章

西配殿已經被京軍衛嚴加看守，任何人未經傳召，不得進去。

李慕歌只得站在外面等，仔細向馮虎打聽情況。

今日的中秋宴，雖是宗室家宴，但因朵丹公主背井離鄉在京城當質子，雍帝為了昭顯天朝之姿，也邀請了她。

以前朵丹公主常喝馬奶酒，喝不慣雍朝的糧食酒，身體泛紅、起了疹子，只好提前退席，請太醫來瞧瞧。

李佑顯喝多了，也到西配殿休息，見到褪去上衣的朵丹，便沒控制住自己。

兩人正拉扯時，太醫進來，這才制止李佑顯，卻驚動了雍帝和喻太后。

李慕歌越聽越懷疑，一人過敏，一人醉酒，都是酒水出了問題。這次她負責張羅筵席的酒水和吃食，難怪李佑顯要攀扯她。

不過，她敢斷定，這件事絕不會是單純的意外，一定有鬼。

這件事會影響兩國關係和李佑顯的婚事，也會影響皇儲冊立。

一石三鳥，真的狠。

黑手是誰？誰會受益？

李慕歌不由想到向貴嬪，看來她和三皇子突然缺席，也有問題……

等了很久，西配殿裡的人似乎沒有傳召她的打算。

待前面筵席都散了，雍帝才從西配殿出來。

李慕歌迎上去。「父皇。」

雍帝顯得有些疲憊，想了一下，道：「歌兒，妳隨朕來。」

雍帝把李慕歌帶到養心殿。

莫心姑姑上了一杯醒酒茶後，帶著宮女們退下，並將養心殿的門關起來。

李慕歌有點緊張。「兒臣聽說，西配殿裡出了些意外……」

雍帝打斷她。「這件事與妳無關，妳不必管，太后會處理。」

李慕歌聽了，心中放鬆不少，看來李佑顯沒成功攀扯她。她畢竟是個未出嫁的十四歲少女，若和這種醜事扯上關係，大大不妥。

但雍帝接下來的話，又讓她緊張起來。

「朕聽說，妳在干涉吏部的官員選調。怎麼，妳對朝廷的事有興趣？」

李慕歌十分意外。「兒臣並未與吏部打過交道，不知父皇說的是什麼事？」

雍帝道：「有人看到妳在批閱吏部的奏章。」

李慕歌明白了，這說的應該是葛錚給她看的舊文書。

「父皇，女兒雖不知說這話的人是誰，但他肯定誤會了。女兒是看過一份奏章，但不是吏部的政務奏摺，是葛錚大人多年前寫的、關於貢舉改革的文章。前些日子，女兒和無涯書院的先生一起辦了大講堂，有很多人感興趣，葛大人聽說了，便想聽聽我在教人育才上的意見。女兒不知道這與政務有關，若是不妥，以後再也不多嘴了。」

雍帝聽了李慕歌的解釋，沒有多疑，倒是信了。

他信任葛錚，葛錚不會糊塗到任由一個小丫頭來干涉吏部和朝廷的官員任命。以前葛錚管過禮部，現在還關心讀書科舉的事，實乃正常，想了解年輕人的想法，也無可厚非。

雍帝被今晚的事鬧得心累，遂沒再深問，讓李慕歌回去。

回程路上，李慕歌冥思苦想，將前後的事串連起來，漸漸理順。

應該是李佑顯以為她有干政野心，出了醜事之後，便把她當成懷疑對象。

她深深嘆了口氣，難怪雍帝說李佑顯心狠，若他繼承皇位，不僅其他皇子活不了，跟朝政有關係的公主，只怕也活不了。

李慕歌不想干政，但以後跟顧南野成婚，又怎能完全不碰？

李佑顯這是逼著她跟他敵對啊……

另一邊，毅勇侯府裡，顧南野當夜就得到了宮中出事的消息。

徐保如稟報。「大皇子一口咬定陷害他的人不是向貴嬪，就是太玄公主。」

向貴嬪對李佑顯下手的原因，大家心知肚明，可他懷疑李慕歌，讓顧南野覺得意外。

「懷疑太玄的理由是什麼？」

徐保如道：「大皇子說了兩個理由，一是之前朵丹公主糾纏侯爺，惹得公主不快，公主定然想拔掉這個眼中釘；二是公主有干政野心，想除了他這個攔路石。今晚的事一石二鳥，十分符合太玄公主的心思。」

顧南野對李佑顯的想像力不予置評，又問：「皇上和太后的態度如何？」

徐保如說：「兩位下令嚴查酒水和西配殿的侍從，並著手查三皇子忽患急病的原因，看來更疑心向貴嬪。關於公主，他們沒有多說，但皇上單獨找公主談過，至於說了什麼，還未探得。」

顧南野思索一會兒，吩咐道：「朵丹公主也有嫌疑，派人去會同館盯著蚵穹人。」

徐保如恍然大悟。

這件事，朵丹公主看起來是受害者，但她若因這件事嫁給李佑顯，對於目前的蚵穹來說，十分有利。

她的確有嫌疑。

徐保如追問。「那大皇子那邊……」

顧南野冷笑一下。

李佑顯敢攀扯李慕歌，看來是舒坦日子過得太久，活膩了。

翌日一早，顧南野進宮與宗人府交接昨夜的案子。

這個案子不僅是宗室醜聞，還涉及雍朝和虬穹的關係，刑部、禮部都要插手。

李慕歌雖未被查，但還是受到影響，不說別的，喻太后就因宴會籌辦不周的事訓斥她，罰她禁足自省十天。

她前腳被禁足，李慕錦、李慕妍姊妹後腳便來看她。

李慕錦頗為憤慨，說：「這原本是向貴嬪的事，皇祖母卻怪妳，我們替妳說情，還被皇祖母訓斥，真不懂皇祖母是怎麼想的。」

她們並不知曉李佑顯和朵丹公主的醜事，只知道昨天有賓客喝酒後，身子忽然不適，傳了太醫。

李慕歌不希望她們被捲進來，而且以李慕錦跟喻太后的關係，李慕錦能替她說情，已是十分不易。

「沒關係，禁足而已，又不會少根頭髮。妳們也不要去找皇祖母了，她掌管後宮，便有權處置任何人。」

李慕妍比李慕錦冷靜些，輕言細語地說：「昨夜我們去看望三皇弟，他吃了過夜的螃蟹，鬧了肚子。病勢看著凶猛，但沒什麼大礙。」

過夜的螃蟹？向貴嬪雖不比做賢妃時得勢，但何至於讓孩子吃不新鮮的東西？

李慕歌一直覺得這個最小的妹妹十分心細，彷彿什麼都懂，遂問：「負責三皇子膳食的宮人，現在如何了？」

李慕妍說：「昨晚挨了向貴嬪罰的板子，今日一早，被人發現投井自盡了。」

李慕歌心驚，這麼快就出人命了。

這個死掉的宮人，只怕跟筵席上的酒也有關係。現在死了，不知是被人滅口，還是被人栽贓？

如此一來，不管是不是向貴嬪陷害李佑顯，向貴嬪都解釋不清了。

片刻後，李慕歌剛送走兩位妹妹，深陷泥沼的向貴嬪就找上門來。

一早，向貴嬪便去見雍帝和喻太后，但兩人只與她打太極，既沒有罰她，也不聽她解釋，這樣是最麻煩的。

她紅著眼眶坐在李慕歌對面，抱怨道：「旁人不知道，三公主是知道的，為了籌備中秋家宴，我親力親為，半點不敢大意，因此疏忽了翔兒的起居，才讓他吃壞肚子。我們娘兒倆沒有落到一點功勞和苦勞，卻惹了一攤子爛事，哪有這麼冤枉的？」

李慕歌不懂，向貴嬪此時來找她是為了什麼？單純的抱怨嗎？

她順著向貴嬪的話，也抱怨道：「我何嘗不覺得冤枉？我才回宮幾天，伸手幫個忙，卻落了罪責。」

向貴嬪止住眼淚，問道：「昨日晚宴，我不在席上，朵丹公主到底喝了哪種酒？」

李慕歌品了品她的話，向貴嬪好似還不知道李佑顯和朵丹公主的醜事，以為只是酒水出了問題。

她試探道：「娘娘管著御膳房，沒人告訴您嗎？」

向貴嬪說：「昨夜我知道酒水出事，便差人去問，但御膳房被京軍衛封了，什麼消息都打聽不到。不過是個降國公主喝壞身子，又沒有大礙，竟然做出這樣的陣仗，也太過小題大做了。」

向貴嬪是裝傻，還是真不知道？

李慕歌只得敷衍道：「娘娘都打聽不到，我又如何知曉？如今皇祖母罰我禁足，我更不便出去問了。」

向貴嬪有些不滿。

她知道筵席出事後，的確沒打聽到什麼有用的消息，但她進宮多年，從肅穆嚴密的京軍衛氛圍中，察覺到事情不簡單，只怕背地裡發生了什麼大事。

今早知道被她責罰的宮人投井了，她便覺得自己落入了圈套裡，不弄清楚，可能會死！

她去找雍帝和喻太后請罪無果，又想著李慕歌昨日在場，應該知道內情，沒想到也是個嘴巴嚴實的。

這可怎麼辦？

既然問不出來，向貴嬪遂把筵席的疑案放一邊，說起李慕歌回宮的事。

「前幾天忙著準備宴會，本宮有些疏忽了公主。妳匆匆回宮，是因為燕北王世子吧？」

霍旭住到白家，李慕歌搬回宮中的事不是秘密，明眼人都知道是怎麼回事。

李慕歌笑了笑，沒有接話。

向貴嬪繼續說：「妳的難處，我十分能體會。外家看似是最親密的親人，卻是最靠不住的，為了家族利益，他們會犧牲咱們。公主聰慧，想必知道大皇子的婚事有多讓我為難了，向家簡直是把本宮放在火架上烤。現在看來，白家也是在為難公主啊。」

李慕歌不置可否，淡淡道：「倒也沒有娘娘說的這麼嚴重。」

向貴嬪動容。「妳自小沒了母妃，宮裡宮外沒個替妳做主的人，我看著十分心疼。若是不怪我多事，公主的婚事，本宮願意為妳出頭。」

她拐彎抹角地拉攏李慕歌，希望李慕歌幫她一回。

李慕歌想了想，沒有明確表態，只道：「聽說昨夜喝酒出事的，除了朵丹公主，還有大皇兄。」

向貴嬪乍聽，面上一喜。示好還是有用，終於打聽到消息了。

但下一刻，她面色又變得非常不好看。

一男一女喝酒出了事，很容易讓人往最壞處去想。

於是，向貴嬪道了聲謝，沈著臉，匆匆走了。

送走向貴嬪，環環關上門，不解道：「向貴嬪不會真心幫您，公主為什麼要幫她？」

李慕歌說：「若真是她對大皇兄下手，我剛剛說的話等於白說；若不是她做的事，我也不能眼睜睜看著清白的人被冤枉致死。」

環環嘆氣。「您太心善。若向貴嬪洗脫嫌疑，太后該懷疑您了。」

李慕歌搖搖頭。「不怕，籌備筵席的事，我跟向貴嬪本就是一條船上的。」

禁足第一天，不斷有人來看望李慕歌，除了向貴嬪、安美人這些宮妃，白淵回、馮虎也來過了。

忙碌一天，李慕歌正要吃晚膳，又有人敲宮門。

環環無語。「您被禁足，反倒門庭若市了。」

她出去開門，不一會兒，端了個盤子回來，上面盛著三只木匣子，裡面裝了釵環首飾。

環環不解地稟道：「這是大皇子派人送來的，說是賠罪。」

李慕歌也被李佑顯搞懵了。

剛對她開炮，結果隔一晚就來賠罪？這是什麼意思？

現在，李佑顯一個頭兩個大，實在不明白，為什麼一夜之間，形勢就變得如此糟糕。

他一下子把人得罪光了！

向貴嬪便不說了，這幾個月本就明爭暗鬥著，現在向貴嬪更是不遺餘力證明筵席的酒水沒有問題，是他心思不正。

而且，李佑顯很後悔昨夜趁著酒勁，把李慕歌拖下水。且不說他沒有證據，雍帝根本不相信李慕歌有野心，單說顧南野，進宮調查此事時，對他十分冷漠，態度與之前判若兩人。

先前，李佑顯花了不少功夫去疏通顧南野的關係，雖未明確得到顧南野的支持，但至少表面上融洽，偶爾還能講一、兩句家常話。

如今，一切都付諸東流了。

更要命的是，昨夜西配殿的事，雖然命人封口，但向家還是得到了消息，話語間，竟有要悔婚的打算。

這一個兩個三個的，李佑顯一個也得罪不起！

顧南野，他惹不起，不然很快會在朝堂上失去立足之地，所以先向李慕歌送禮賠罪。

向思敏那邊，他也要努力挽留，不然向家全力支持三皇子，他就危險了。

還有虬穹人，在逼著他討公道。

雖然有喻太后出面幫他封住虬穹的嘴，但形勢不容樂觀，必須儘快給朵丹公主交代。

因為這事，雍朝在虬穹面前抬不起頭，雍帝非常生氣。

李佑顯很是鬱悶，能挽回一個是一個吧。

為了避嫌，顧南野在中秋宴醜事發生後，沒有親自去看望李慕歌，直到事情查得差不多，才去體元殿。

李慕歌被人探望得煩了，也怕這邊太熱鬧，打了喻太后的臉，禁足第二天，便下令閉門謝客。

顧南野除外。

顧南野見到她時，她正拿了手帕蓋在臉上，躺在桂花樹下的軟榻上午歇，金黃桂花落在她鶯綠色的褶裙上，分外好看。

秋日的暖陽曬在身上很舒服，沁人心脾的桂花香縈繞在鼻尖，甜甜膩膩的，心情也隨之變好。

聽到腳步聲，李慕歌以為是環環，便沒睜眼，只道：「妳聞，多香！我餓了，好想吃桂花糕呀。」

「命人送來如何？」

顧南野的聲音驀地響起，嚇了李慕歌一跳。

她掀開臉上的手帕，起身尋他，高興地說：「侯爺怎麼來了？」

顧南野輕輕按下她的肩膀，兩人一塊在軟榻上坐下。

「案子查得差不多了，來看看妳。」

李慕歌的好奇心瞬間被勾起來，問道：「是誰給大皇兄設局？」

顧南野沒有直接下定論，只是告訴她，讓朵丹公主出疹子的不是飲食，而是一種香草；讓李佑顯衝動的，也不是烈酒，是因為西配殿裡的媚香。

簡而言之，她不用揹這個黑鍋。

「宮裡沒發現香草，應該是某位賓客隨身帶進來的，現在已經不可查了。至於媚香，在投井的太監房裡查到殘餘的香料，向貴嬪的嫌疑反而更重了。」

「是栽贓嫁禍吧？」李慕歌問。

顧南野挑挑眉。「妳相信向貴嬪是清白的？」

李慕歌分析道：「這件事把大皇兄害得很慘，表面上看起來，向貴嬪和三皇子得利，但他們反而深陷其中，備受質疑。從結果來看，他們也是受害人。」

顧南野讚賞點頭，意有所指地說：「有些人看起來受害，其實最終是獲利的。」

這幾天，李慕歌也琢磨到這一點了，蚼穹故意挑起內鬥，並從中獲益，也不是不可能。

「蚼穹那邊現在如何了？」

顧南野說：「這件事畢竟發生在宮裡，又是大皇子冒犯在先，蚼穹占了理，皇上只得免了蚼穹三年的上貢，以為補償。」

「免貢？蚼穹肯就此甘休嗎？」李慕歌覺得沒那麼簡單。

顧南野不明意味地笑了下。「朵丹要求大皇子對她負責，提出聯姻。」
「這……大皇兄不會答應吧？這個時候娶虯穹公主當王妃，無異於葬送前程。」
「他不答應也沒辦法。虯穹會把這件事傳出去，如果百姓知道大皇子德行有虧，他難登大寶。」
李慕歌不用多問，都知道現在李佑顯有多為難了。
向家肯定不願把嫡長女嫁給李佑顯為側妃，還是屈居虯穹公主之下，只怕有得鬧。
「會是朵丹設計的局嗎？」李慕歌把心底的疑惑問出來，隨即反駁。「但這事必須有宮裡的人配合才行，她一個外族人，似乎辦不到。」
這正是顧南野最憂心的事。
他不在乎李佑顯的處境，虯穹公主想做雍朝皇妃，影響也不大。宮裡有叛國內奸，才是最讓他不安的。
「目前還不清楚，或許等朵丹嫁入皇室後，線索才會浮出水面。」
李慕歌愣住，有點沒辦法接受朵丹公主變成她的嫂子，這是什麼神展開啊？
顧南野見狀，伸手刮她的鼻子。「香山楓葉紅了，我母親想去賞楓，妳要不要一起去山上住兩天？」
「秋遊？好呀！」李慕歌回神，雀躍地答應。
顧南野摸摸她的頭。「那等我安排。」

一會兒後，顧南野從體元殿出來，神情立時變得深沈，全然沒有面對李慕歌時的溫柔與關懷，渾身都是肅殺之氣。

馮虎在宮道上等著他，不禁有些駭然。

顧南野已經許久沒有這樣生氣過了。

昨夜，金陵傳來急報，顧益盛偷偷逃回金陵，在顧家田莊上挾持顧老爺，要求顧南野撤銷他的通緝令，不然他要顧南野身敗名裂。

顧南野本不在意顧老爺的死活，但顧益盛哄騙顧老爺寫下遺書，其中滿是關於他身世的荒謬謊言。

若他置之不顧，前世的誤會又會重現，不僅會讓他母親受到世人指責，還會影響他和李慕歌的婚事。

更重要的是，顧益盛能躲過通緝令，一路逃回金陵，極有可能是虯穹的奸細暗中相助，他得把這些人揪出來。

馮虎默不作聲，跟著顧南野往宮外走。

路上，顧南野吩咐道：「夫人和公主的安危，我全然交給你，在我離開的期間，萬事謹慎為上，不可冒任何風險、出任何紕漏。」

「是！」馮虎沈聲領命，知道這是顧南野生命中最重要的兩個人，責任比泰山還重。

會同館中，朵丹公主正與虯穹的侍衛隊長秉燭密談。

「顧南野已經收到信，很快便會離開京城，不會阻攔您的好事。」隊長嘶啞地低聲道。

朵丹公主點點頭，神情緊繃。

嫁給李佑顯，進入雍朝皇室，利用他們的內鬥來減輕雍朝對虯穹的傾軋，是她目前能想到最好的辦法。

李慕歌說得很對，報仇並不能改變什麼，只會加深苦難。

她要獻祭自己，為虯穹的光復而長遠打算。

朵丹公主思索著，說道：「我提出聯姻已有幾天，但顧南野沒有任何動作，似乎不在乎大皇子娶誰為妃。你看出來了嗎？其實顧南野並不看好大皇子，他心中的儲君另有人選。」

隊長不解地問：「還能是誰？其餘皇子遠沒他們的大皇子中用。」

朵丹公主也想不透。「我們與顧南野作戰，從未看透過他的心思，猜不到就別猜了。我們只需知道，一定要助大皇子登上皇位，最終他會感激我的。」

第五十章

中秋宴之後，喻太后就氣病了。

先是李佑顯在筵席上鬧出醜事，緊接著虯穹逼他們聯姻，現在向家還要悔婚。

她為李佑顯鋪就的青雲之路，就此全毀了。

她斜倚在床上喝藥，心腹鄭嬤嬤過來傳話。「太玄公主來辭行。」

李慕歌的禁足已經結束，前兩日向雍帝稟報，要出宮陪顧夫人秋遊，雍帝已經允了。

喻太后不禁遷怒到李慕歌身上，對鄭嬤嬤說：「叫她不必辭行了，反正翅膀硬了，不把哀家放在眼裡。她覺得在宮裡不舒坦，便去外面找靠山，最好不要回來！」

嬤嬤聽了，只好委婉地告訴李慕歌，說喻太后不適，免了她的禮數。

李慕歌心中不安，解了禁足之後，正是擔心喻太后不許她出宮，才直接去找雍帝，的確是沒把喻太后放在眼中。

之後她還是要跟喻太后打交道的，可不能得罪得太過了。

於是，她乖巧地說：「皇祖母身體不適，孫女不能侍奉床前，還請嬤嬤轉告皇祖母，孫女此次出宮，會幫大皇兄打聽朵丹公主的情況。中秋宴過後，她占了大皇兄的大便宜，整件事竟像是特地幫虯穹寫的好劇本，太奇怪了。」

李慕歌知道喻太后的痛點在哪裡，只要暫時和喻太后利益一致，多替李佑顯想一想，喻太后便不會太為難她。

喻太后聽了鄭嬤嬤的轉述，病懨懨的眼睛裡，漸漸浮起凝重之色。

李慕歌說得沒錯，這件事都透著蹊蹺，看現在的結果，真是太便宜蚰穹人了。

「嬤嬤，去請朵丹公主進宮。她不是想當哀家的孫媳婦嗎？哀家倒要好好會會她！」

通往香山的官道上，馬車和行人絡繹不絕，許多人趁著天氣好，外出踏青。

李慕歌和顧夫人一起坐在馬車裡，顧南野帶護衛跟在馬車旁邊，往山上行去。

顧夫人在山裡買了處宅子，叫做「汀香苑」，原是溫泉酒莊，現在被顧家改建成私宅。

顧夫人跟李慕歌說：「買那宅子，原是打算養老的，沒想到這麼快就去住，還有些地方沒來得及改。這次去，到底倉促了些。」

李慕歌甜言蜜語地哄道：「如果用來養老，這宅子可浪費了，您自然是要跟侯爺一起住的，他肯定不會讓您搬出來。不過如今秋高氣爽，來賞紅葉、泡溫泉，倒十分合適。」

她這般說著，心裡卻覺得疑惑。聽顧夫人的意思，這次來汀香苑玩，並不是她的主意。

車簾隨著馬車行駛晃動著，顧南野騎馬的身影時隱時現。

李慕歌不時去看他，漸漸生出不安。

抵達汀香苑時，她越發心慌，因為屋裡屋外的守衛太多了！

雖是在山裡，但到底是京郊，哪裡用得了層層守衛？但連馮虎都帶著京軍衛過來了。

進屋時，她走到顧南野身邊，小聲問道：「不會又有人想造反吧？」

有了上次叛黨造反的經歷，李慕歌難免多想。

見李慕歌誤會，顧南野解釋道：「不是，只是把妳們單獨留在山裡，我不太放心，沒什麼大事。」

「單獨？」李慕歌見是顧南野送她們來，以為他也會一起小住幾天。

顧南野道：「我父親出了事，我要趕回金陵一趟。快則十日，最多半月就回來。」

李慕歌更擔心了，追問道：「顧老爺怎麼了？」

顧南野不想讓她一直擔憂，便說：「受了刺激，中風在床。」

李慕歌聞言，不疑有他，點點頭。「那好吧，你快去快回。這些天我會陪著夫人，你也別擔心我們。」

顧南野忍不住了，摸摸李慕歌的頭，還伸手揉她的耳垂，惹得李慕歌渾身一顫。

顧夫人和辛嬤嬤先進了院子，半天不見孩子們跟來，回身一看，只見兩人正面相對，一個含情脈脈地仰頭凝望，一個依依不捨地撫頭安慰，當真是濃情密意。

顧夫人掩嘴一笑，拉著辛嬤嬤快步走開。「咱們走快些，別耽誤孩子們的正事。」

辛嬤嬤也低聲笑了，在顧夫人耳邊說：「我可從沒見過侯爺這個樣子。」

顧夫人高興得不得了。「看他這樣，我總算放心了，以前還擔心他是個石頭，不懂男女之情。」

「怎麼會？」辛嬤嬤道：「我聽環環說了，侯爺對公主是極好的。」

顧夫人卻是心急起來。「一日不娶回家，我就得操一日的心，真急人！」

顧南野把李慕歌送到正屋簷下，望著小姑娘依依不捨的神情，自己也有些割捨不下。他折返回來，低聲叮囑道：「霍旭還在京城，我不在的這些日子，不許下山，免得被他鑽了空。」

李慕歌抿嘴偷笑。她都要把霍旭拋到腦後了，顧南野這個大忙人居然還記得。

見李慕歌只笑不答，顧南野質疑道：「嗯？」

李慕歌牽起他的大掌，搖晃著。「我知道啦，就在這裡乖乖等你回來，哪裡也不去。」

顧南野抬起她的手，在唇邊親了親，忽然覺得有些不好意思，便鬆開她，肅穆了神情，把她送進屋裡。

一會兒後，顧南野親自巡過香山的守衛後，便啟程南下了。

李慕歌雖不捨顧南野，但汀香苑的景色著實不錯，顧夫人又帶著她賞桂賞楓、製香作畫、泡溫泉，很快讓她把離別愁緒拋在了腦後。

跟顧夫人相處得越久，李慕歌越發敬佩她，文人雅趣的事，彷彿沒有她不會的，李慕歌也受到不俗的薰陶。

小住了幾日，李慕歌渾身放鬆下來。

這日，她正吃著辛嬤嬤做的桂花糕，看顧夫人畫楓葉，就見馮虎來稟報。「宮裡來人了。」

李慕歌起身，以為是找她的。孰料，馮虎面色為難地說：「夫人，是找您的。」

顧夫人覺得很意外，不知宮裡的人找她做什麼？是喻太后找她，還是顧南野出了事？

她放下畫筆，凝眉問道：「來的是誰？」

馮虎低聲道：「是皇上。他微服出宮，讓我們不要聲張。」

顧夫人呆住，站在楓樹下，半天沒有挪步。

馮虎尷尬地看向李慕歌，李慕歌也不知道該怎麼辦。

雍帝年輕時與顧夫人有感情糾葛，此時微服來尋，極容易讓人誤會。

可長輩的事，她不能多嘴，得看顧夫人自己怎麼想。

顧夫人回神，對李慕歌說：「妳父皇過來，妳也該去問個安，咱們一道去吧。」

李慕歌點頭，理解顧夫人的顧慮，便陪著她去正廳。

今日，雍帝穿著湖綠色的圓領袍，頭上戴著黑色四方平定巾，像個普通讀書人般，正背著手，有些不安地在正廳裡緩緩踱步。

這次他只帶了胡公公，走幾步後，停了下來，對胡公公說：「這麼久還不來，她大概還是不肯見朕，朕不該來的。」

胡公公小聲寬慰。「顧夫人都肯向太后服軟了，定然已經釋懷。」

雍帝嘆口氣，繼續踱步。

胡公公說得堅定，但心裡完全沒底。

十幾年前，雍帝南巡至金陵，為了見顧夫人一面，在金陵等了一個月，她都不肯赴約。如今時過境遷，也不知顧夫人是怎麼想的？

兩人正焦慮著，便聽到環珮叮噹的聲音。

雍帝轉身，看到熟悉又陌生的故人牽著他的女兒走過來，緊張地站定腳步，喉嚨似是塞了饅頭，一時說不出話。

他定定看著顧夫人向他請安行禮，又呆呆地由胡公公引著在上座坐下，直到李慕歌奉茶上來，一口暖茶入喉，才漸漸緩過神。

二十年了，他終於又見到她。

「師妹，妳還是跟以前一樣，模樣都沒有變。」雍帝聲音微顫。

顧夫人低頭，閃躲他熾熱的目光。「孩子都到了成親的年紀，我們都老了。」

雍帝有些緊張，以為顧夫人在怪他不肯答應兩個孩子的婚事。

「毅勇侯為朕打回半壁江山，又助朕肅清朝野，勞苦功高，朕不讓他娶歌兒，是有朝政上的考慮，希望妳能體諒朕。」

顧夫人苦笑一下。「我自然是體諒的。」

若非體諒雍帝的難處，當初她不會答應父親嫁入顧家，不會看著父親就義而毫無怨言，更不會送兒子上戰場。

「是，妳向來是善解人意的。」雍帝覺得處處愧對顧夫人，千言萬語在心裡，卻不知道從何說起。

他不說話，顧夫人也不說話，只是喝著茶。

短短幾句話工夫，兩人的茶杯就空了，李慕歌不得不硬著頭皮上前，替兩人添茶。

看到李慕歌，雍帝的腦袋終於轉動起來，說起顧夫人救了她的事，感慨著緣分的奇妙。

顧夫人話不多，非常謹慎地應答。

李慕歌為自己的父親捏一把汗。堂堂皇帝，竟也有如此尷尬的一天。

在愛情面前，果然眾生平等。

在場面陷入久久的尷尬時，李慕歌不得不出聲了。

「父皇，您今天要留在這裡用午膳嗎？女兒好提前著人準備。」

雍帝搖手。「朕還有事，坐一會兒就走了。」

聽到這句話，顧夫人鬆了口氣，這才說道：「皇上日理萬機，不必為早已過去的往事而煩惱。如今有兒女續上您與我父親的師徒情分，過去不論對錯，都無須再想。」

意思是，看在兒女的分上，請雍帝把握好自己的分寸。

今日雍帝過來，也沒打算做什麼，只是趁著顧南野離京，他可以藉著看女兒的藉口，來看望顧夫人。

愧疚了二十年，想了二十年，他想再看她一眼。

「雖然往事已經過去，但先生為朕而死，留下妳獨自一人，朕本應該照顧妳，卻什麼都沒做好。現在看妳一切安好，朕便放心了。」

雍帝說完，又吩咐李慕歌。「歌兒，顧夫人於妳有救命之恩，妳要把她當自家長輩一樣尊敬侍奉，萬萬不可擺公主的架子，給顧夫人添麻煩。若妳敢對她不敬，朕定要責罰，記住了嗎？」

不待李慕歌回答，顧夫人立刻護短地拉過她，抱怨道：「皇上，小玄兒是個好孩子，您別嚇唬她。早知您對孩子這樣凶，我就不把她送回您身邊了。」

雍帝忙道：「好好，是朕錯了。」

被顧夫人埋怨兩句，雍帝的心情反而好了。

他起了逛園子的興致，在汀香苑裡轉了轉，一會兒指著這裡說差些擺設，一會兒指著那邊說該換些名貴花草，讓胡公公一一記下，立刻著人置辦。

顧夫人阻攔無用，索性不管，回頭把人情還在李慕歌身上就是了。

好不容易送走雍帝，顧夫人看著李慕歌，覺得有些害臊。舊情被晚輩窺見，總感覺怪怪的，便說要處理生意的事，獨自進了書房，打算靜一靜。

李慕歌也不拆穿她，默默退出正廳。

李慕歌去了院子，坐在鞦韆上，琢磨著雍帝是什麼意思？

難道是想尋第二春？這可不行啊，不管怎麼說，顧老爺還在呢。

縱使顧老爺身體不好，先走一步，那她以後也是要跟顧南野成親的，他們家的關係可不能亂。

不過，她的擔憂似乎是多餘的。

之後，雍帝沒再來打擾顧夫人，也沒派人繼續送東西，日子又恢復平靜。

但因為雍帝的緣故，顧夫人有些躲著李慕歌，總是覺得難堪。

李慕歌覺得這樣可不行，便想做點什麼，改變一下汀香苑的氛圍。

「夫人，這裡的紅葉這麼好看，我想請朋友過來玩，可以嗎？」

顧夫人自然沒有異議。「當然可以。妳想怎麼準備？讓辛嬤嬤幫妳。」

「好。」

帖子很快就送出去，白家表姊妹、林有典兄妹，還有謝知音與梁曙光，皆十分給面子地上山赴約。白靈秀和白靈嘉來得有些晚，說是出門時有事耽誤。

李慕歌也約了白靈婷，見她沒來，便問白靈秀是怎麼回事？

白靈秀不願在外人面前說家裡的事，單獨請李慕歌去房裡說話。

進了房間，白靈秀才露出苦惱的神色，十分頭痛地開了口。

「自霍家兄妹住進家裡，長房就亂了，天天吵鬧，不成樣子。」

她告訴李慕歌，霍旭不知從哪裡打聽到李慕歌跟顧南野情投意合的事，便派僕婦去找白老夫人，明裡暗裡說白家一女二嫁，態度極為不敬。

可白老夫人不僅沒生氣，還向王府的僕婦賠罪。

白靈婷受不了一個僕婦在自己家裡作威作福，便找個藉口，打了霍明媚的丫鬟。

霍明媚找她理論，又被白靈婷罵一頓。

霍明媚嘴笨，但不是真笨，回頭便哭到霍旭面前。

霍旭要替妹妹出頭，便去找陶氏理論。

陶氏捨不得罰女兒，稱病不出，一直躲著霍家兄妹。

見白家待他們如此不敬，當天霍旭就帶著霍明媚搬出去，急得白老夫人要帶白靈婷去賠罪，但白靈婷死活不肯去，還跟白老夫人頂嘴，氣得白老夫人拿枴杖敲桌子。

李慕歌聽得目瞪口呆。這個白靈婷，吵架鬧事可真行啊。

白靈秀扶著額頭。「早上出門時，家裡又吵起來了，祖母要把大姊許給昌郡伯做續弦，大伯母急哭了，大姊鬧著要尋死。」

昌郡伯是四等伯爵，身分並不低，但已年近四十，家裡有三個女兒、一個兒子，女兒是元配生的，兒子是侍妾生的。

縱使白靈婷因名聲不好，年紀又大，肯接受這些爛攤子，但昌郡伯的元配夫人是王妙雲的姑母。有這層關係在裡頭，白靈婷嫁過去，四個孩子怎麼會跟她好好相處？日子是沒法過的。

「外祖母這不是把她往火坑裡推嗎？」李慕歌難以置信。

白靈秀說：「近來祖母對大姊失望，又覺得把她留在家裡礙事，想快些把她嫁了，也想乘機敲打大伯母。而且，昌郡伯許諾，若大姊能生下嫡子，爵位一定留給他。」

李慕歌問：「淵回表哥呢？他不管管嗎？」

這個昌郡伯……人還沒娶到，就拋出誘餌，這不是引得內宅爭鬥、家室不寧嗎？

白靈秀說：「之前大哥就住在衙門不回家，前些天又跟著侯爺去金陵辦事，據說是捉拿要犯。」

李慕歌還不知道白淵回也去金陵了。

白靈秀難過地說：「雖然大姊脾氣不好，常做一些錯事，但到底是自家姊妹，我實在不忍看她落得這般田地。公主，您能不能去勸勸祖母？眼下唯有您出面有用了。」

白靈婷的婚事拖了許久，一直找不到好人家。之前李慕歌不插手，一來是白靈婷前世欺辱她，二來是怕好心辦壞事。

白靈婷這不講理的性子，以後日子過不好，反倒會怨她。

但到了如今的地步，的確如白靈秀所說，到底是自家姊妹，而且白靈婷近來對她還算不錯，沒再找她的麻煩，縱然一直吵吵鬧鬧，但立場與她是一致的。

李慕歌思索道：「直接去找外祖母不一定有用，我想想別的法子。」

見她肯管這事，白靈秀鬆了一口氣，又說：「還有一件事，不知道是不是我多想了……」她告訴李慕歌，白老夫人派人去西陽老家，接白三爺一家進京。

白三爺是白以誠的庶子，一直被白老夫人留在西陽管家族產業，現在突然接他進京，只怕是有什麼動作。

「我母親說，大伯母、大哥、大姊屢次頂撞祖母，如今祖母不僅不管大哥的婚事，還想把長姊草率嫁了，恐怕是對長房失望，有意扶持三房接管白家。」

二房只有兩個嫡女，並無男丁，從不想著爭奪家產。

但三房不同，白三爺兒孫興旺，已有四個兒子、三個孫子，雖然四個兒子書讀得平平，但經營產業十分能幹。

以前，白老夫人重用他們，可從不在身分上抬舉。如今要他們舉家遷入京城，真的是敲山震虎。

李慕歌聽完，心也沈了沈。

看來，她得幫長房使點勁兒才行了。

第五十一章

李慕歌和白靈秀說完話，去了院子，見眾人正聊得熱鬧，梁曙光的神情還有些激動。

「在聊什麼這麼熱鬧？」李慕歌問道。

謝知音說：「在說大皇子要納蚓穹公主為側妃的事。」

「側妃嗎？」李慕歌有些意外，她還以為蚓穹人會堅持要正妃之位，不知喻太后和李佑顯用了什麼交換，使蚓穹人讓步。

梁曙光憤慨地說：「側妃也便宜他們了，手下敗將，憑什麼跟他們聯姻？還免他們的上貢，皇上也太仁慈了！」

梁曙光的祖父梁道定曾在西北跟蚓穹人打過仗，因此梁曙光格外痛恨蚓穹人。

李慕歌安撫他。「應該是為了社稷，而有別的考慮吧。」又問謝知音。「那正妃之位還是向思敏的嗎？」

謝知音搖頭。「向思敏不肯跟蚓穹人共事一夫，寧可削髮為尼。」

李慕歌不禁驚訝，向思敏居然如此堅決？

「這麼嚴重？向家應該會想辦法幫她解除婚約吧。」

謝知音說：「且看太后的意思。」又小聲在李慕歌耳邊說：「幸虧妳幫我下了決心，不然我也深陷其中了。」

李慕歌握握她的手，同樣慶幸謝知音早早退出這場亂局。

少男少女們在院裡熱熱鬧鬧地說話玩樂，顧夫人從窗裡看出去，欣慰地笑了，吩咐院裡的侍女。

「用心伺候，吃的喝的及時補上，也注意著別讓客人們跌到泉眼裡了。」

辛嬤嬤察言觀色，道：「公主性子好，又處處為別人著想，大家都喜歡親近她。」

顧夫人點頭。

辛嬤嬤又說：「所以夫人不必多想，公主也會理解您，不要為那些事跟公主生分了。」

顧夫人有些難堪。「我也不想跟孩子生分了，但小玄兒越是什麼都不問，越是說明她什麼都知道，叫我的老臉往哪兒放？」

辛嬤嬤說：「知道又如何呢？您跟皇上之間沒什麼，皇上再想也沒用，公主明理，自然分得清楚。」

顧夫人扶額，覺得頭痛。

過了一會兒，她問：「金陵有消息回來嗎？老爺的身體怎麼樣了？」

顧夫人並不知道顧益盛挾持顧老爺，只以為顧老爺中風，顧南野趕回去安置他。

「還沒消息。算算日子，侯爺差不多要啟程回京了。」

顧夫人神色稍霽，不說話了。

金陵城郊的莊子上，顧南野厭棄地看了倒在血泊裡的顧益盛一眼，收起佩劍，吩咐帶著府兵趕來支援的謝太守。

「重犯的屍身勞你處理，再寫份奏章送回京城刑部，把案子結了吧。」

「是，侯爺放心，下官必會妥善處理。」

顧南野點點頭，獨自走回屋內。

顧老爺趺在地上，喘著粗氣，口鼻歪斜，是真的中風了。

顧南野伸手把他抱回床頭靠著，端坐在床邊，思索一會兒，鬆下肩膀，靠在椅背上。

「自我離家從軍後，咱們很多年沒好好說過話了。這次本想跟您好好聊一聊，但現在，您只能聽我說了。」

顧南野如敘家常一般，說道：「這次我回金陵，除了抓捕二叔歸案，也想告訴您一個喜訊。我打算娶妻了，對方是皇上的女兒，太玄公主。」

顧老爺聽到這裡，激動喊叫起來，但一個完整的字也說不出口，都是破碎的聲音。

「我知道您想說什麼，但是您錯了。前陣子，母親親自進宮替我求親，這樣您明白了嗎？沒有人比母親更明白我是誰，您冤枉了她二十年，還寫下一堆胡編亂造的東西。

「您真就這麼恨她嗎？她從來沒有對不起您，是您的自卑和猜疑毀了顧家，也毀了她。

是您配不上她。

「您安心在這裡休養身體吧，等辦喜酒那天，我會派人把席面送來，您一定要好好地品一品。」

說完最後一句，顧南野頭也不回地走了，留下顧老爺在身後泣不成聲地嗚咽著。

顧南野回到金陵顧府，白淵回也回來了，向他稟報查案的結果。

「一路護送顧益盛入關的，的確是四個虯穹人，可他們只說自己是跟著顧益盛來關內做生意，別的一個字也不招。但看他們的體格、身手，根本不是普通商人。」

顧南野點頭。「你把人帶回去，扣在錦衣衛手中。等朵丹公主嫁入皇室，算是留了她的把柄，以後或許有用。」

白淵回領命，又說：「晚上謝太守在府中設宴，請侯爺光臨。」

顧南野起身，拍拍白淵回的肩膀。「等會兒我就回京了，你在這裡多留兩日，幫謝太守把剩下的事處理好，順便解決自己的大事。需要我替你跟謝大人說一說嗎？」

白淵回臉上一紅，知道顧南野是指他向謝家提親，還未等到回覆的事。

「有勞侯爺費心，不過不必驚動您出面。若真不成，我也不打算強求了。」

顧南野聽了有些意外，也有些失望。

「怎麼，你不是真心想娶謝姑娘？太玄為你們的事操了不少心，如果你不願意，及早跟她說。」

白淵回神情愧疚。「是我無能，處理不好家中的事。如此娶了謝姑娘，反而連累她。」若因他娶謝知音而得罪霍家，進而斷了白家的財源，不僅他會遭到家族的嚴厲譴責，謝知音也必須陪他承受。

他不想看到這樣的結果。

顧南野思忖片刻，突然道：「戶部正在擬定新的田林法，謝家大公子在戶部任職，你可以去找謝大人談談。」

關於戶部的田林法，白淵回亦有耳聞，說是朝廷要把國土收回去。

起初，白淵回覺得這太難了，藩王、地主跟豪紳們不會答應，以為是誰的大膽建議。但現在顧南野親口提醒他，便說明這事真的要實行了。

這樣一來，白家經營的林場、礦場，便不再由燕北王說了算。

他欣喜若狂，對顧南野行禮。「謝侯爺，我明白了。」

等顧南野走後，白淵回先去了金陵林家一趟。

林有典就要娶白靈秀了，林家得知白淵回因公來金陵，林有典的父親親自出面，十分熱情地招待他。

白淵回紅著臉，對林有典的父親說：「今日來，是有事相求。」

林家是金陵望族，跟謝太守頗有交情，白淵回希望林家人作陪，一起去謝家赴宴，在旁幫他說說好話。

林老爺聽完了前因後果，哈哈大笑，拍腿道：「這是好事啊！白大人稍等，我換身衣服，這就陪你去。」

自白靈秀跟李慕歌提了白靈婷婚事的困難後，李慕歌心裡便有個想法，但思索一夜，仍拿不定主意。

她想等顧南野回來商量，但時間不等人，再拖下去，白老夫人就要訂下白靈婷的婚事。

左思右想下，李慕歌去找顧夫人，說了白靈婷的處境。

顧夫人聽得皺眉，當著李慕歌的面說：「白老夫人也太不心疼人了。」

「現在大皇兄的正妃人選，也有了變數。」

顧夫人何等聰明，瞬間明白了李慕歌的意思，更是擔憂。

「若白大姑娘當了皇子正妃，白家便跟皇長子脫不開干係。眼下儲君未定，這步棋走得可不好。」

李慕歌點頭，她也是擔憂這一點，才沒做決定。

「如今白家雖不是皇子黨，但外祖母當家的話，不清不白地跟霍家攀扯在一起，同樣很危險。要是大表姊做了大皇子妃，便能助長房得勢，到時由淵回表哥和知音姊姊當家，縱使白家跟大皇子聯姻，我也能放心他們不會亂來。」

顧夫人知道白淵回和謝知音的性子，若他們真能當家做主，有顧南野在旁指點，白家應該不會出什麼大亂子。

顧夫人想了好一會兒，讓白靈婷嫁給李佑顯，李慕歌也更能掌控白家和大皇子一黨。

「這不失為一個好辦法。」

李慕歌認真道：「至於皇祖母那邊，即使之前對大表姊不滿意，但向家以國家大義為由，不肯嫁女跟朵丹公主共事一夫，其他世家亦不敢補缺，大皇兄處境窘迫，也由不得皇祖母再挑剔。何況白家對士林的影響，或許能夠挽回大皇兄的名譽，皇祖母怕是求之不得。而且，大表姊性格潑辣，唯有她這樣的正室，能降得住朵丹公主。」

顧夫人聽著，深深地看著她，頗為感慨。「小玄兒，妳與去年可真是不同了。」變得如此深謀遠慮。

李慕歌有些擔憂，她知道顧南野不喜歡她精於算計，也怕顧夫人覺得她城府深。

「我並不是圖大皇兄的皇權，也不是圖白家的家勢，只是權衡各方，盡可能讓大家都有個好結果。」

顧夫人捏捏她的臉蛋，笑著說：「我明白。不是說妳這樣不好，只是小小年紀便這麼操心，這可不好，以後會很累的。」

李慕歌這才釋然，跟著笑了。

得了顧夫人的支持，李慕歌立刻安排環環回白家，問問白靈婷的心意。

早在花神宴的時候，白靈婷便想爭皇妃之位，如今雖有個礙眼的虯穹公主，但嫁給李佑顯，肯定比當昌郡伯的續弦好得多。

既然白靈婷答應了，李慕歌便讓環環回宮一趟，帶了兩句話給李佑顯。

李佑顯沒想到，李慕歌會在這個時候向他遞出橄欖枝。

縱使白家在官場上不如向家得勢，白靈婷也不如向思敏，但白家背後有李慕歌、有顧南野，這對李佑顯來說，是更為寶貴的支持。

他欣喜若狂，即刻去慈寧宮，與喻太后商議。

兩邊一拍即合，進行起來就快。

有這等好事找上門，白老夫人有些愣神，原本她都打算放棄長房了，誰能想到大孫女柳暗花明，有做皇妃的福氣？

前些日子，她把大孫女逼急了，又接三房進京跟長房打擂臺，如今該如何收拾這尷尬局面才好……

顧南野回京時，聽說的第一件事，便是李佑顯的正妃人選變成了白靈婷。

他問都沒問，便猜到李慕歌定然插了手。

上山後，李慕歌和顧夫人常在傍晚時泡溫泉，這日才下水沒一會兒，環環就驚喜地跑進來報信。

「侯爺回來啦！」

李慕歌和顧夫人很是驚喜，連忙出水更衣。

李慕歌手腳快，先一步收拾好。

顧夫人見她急不可耐的樣子，笑著說：「妳先去吧。」

李慕歌點頭，如飛燕一般，往前廳跑去。

顧南野坐在前廳喝茶，老遠就聽到木屐嗒嗒嗒的聲音。

他起身，往門口走了兩步，一眼就看到小姑娘向這邊跑來。

「侯爺！」李慕歌雀躍地奔上前，本想在門檻前停下，卻被顧南野順勢摟在懷裡。

李慕歌剛從溫泉出來，又跑了步，臉上紅彤彤的，身上散發著熱氣。

馨香氣息讓顧南野有些心猿意馬，低頭看著在他懷裡仰起脖子的小姑娘。「跑什麼，我又不會飛了？」

李慕歌臉上掛著大大的笑，不好意思抱他，只是輕輕捏著他的衣服。「這麼久不見，想你了嘛！」

直白的撒嬌讓顧南野很受用，低頭在李慕歌額上親了一下，小聲地說：「我也想妳。」

李慕歌驚喜地睜大眼睛，除了表白那次，聽顧南野說軟話可不容易啊！

但她還是左右看了看，道：「這裡是前廳呢，等會兒夫人就來了，你放開我。」

顧南野鬆開她，牽著她坐下。

因顧南野急著趕路，還沒用晚膳，李慕歌立即讓人準備飯菜，在旁邊看著他吃。

顧南野見她一直看著他笑，有些無奈，乾脆幫她找點事做。

「說說看，大皇子跟白家聯姻，妳是怎麼想的？」

李慕歌也很想知道顧南野的想法，遂把事情的來龍去脈說了一遍。

講到最後，怕顧南野說她亂來，替自己找了藉口。「雖然你不看好大皇兄，但他畢竟是皇子，咱們也不能瞧著他任由虯穹人欺負擺布，你說是吧？」

顧南野瞥她一眼，語氣帶了責備。「妳還真是不記仇。」

「啊？」李慕歌不解。

李佑顯剛出事時，葛錚等大臣就找過顧南野，雖然不支持立李佑顯為儲，但也反對李佑顯娶虯穹公主，想跟顧南野商量，要怎麼應對。

孰料，顧南野竟是全然不管，任由李佑顯自生自滅。原因很簡單，因為李佑顯指責李慕歌在酒中下藥害他。

既然李佑顯對李慕歌起了敵意，他為何還要保全李佑顯？

葛錚非常擔憂，也如李慕歌這般說，不能看著雍朝皇子成為虯穹傀儡，希望他看在國家大義面前，動手干預。

顧南野卻淡淡地說：「蚯穹公主太高估自己，也太高估大皇子了。」嫁入皇室的外藩女子太多了，能影響國事的有幾人？何況只是個皇子側妃。

顧南野不在乎這門婚事，但李慕歌為了白家考慮插手，也沒必要反對，遂伸手捏捏她的鼻子。

「真是本事大了，一聲不響就做了一件大事。」

見他不怪，李慕歌才真的安心。

李佑顯要娶白靈婷，得利最大的，就是白淵回。

因有了大皇子這個準妹夫，加之親自去謝家拜訪，他和謝知音的婚事終於有了好結果。

謝家收下白家的聘禮，也託了京城的親屬，開始籌備婚事。

白靈婷和李佑顯的婚期訂在明年三月，白靈秀與林有典則是明年五月成婚。謝知音及白淵回的好日子反而是最早的，選了明年二月。

謝夫人本不願女兒嫁得這麼倉促，但白淵回是白靈婷的長兄，早些成婚比較合適，謝家只得妥協了。

三個姊姊的婚事陸續有了著落，讓李慕歌十分羨慕，不知她和顧南野的婚事，什麼時候才能拿出來重談？

總之，她無比地羨慕嫉妒啊！

整個秋冬，下了香山的李慕歌，日常變成陪三位姊姊準備嫁妝。首飾要挑、用品要買、婚服要繡，每樣都要選三遍。成堆的首飾、布料和繡樣，她簡直看花了眼。

除了這些，她還得操心一件事。

一晃眼，顧南野的生日又要到了。

去年，她欠下的生日禮物和中秋節禮，是靠著那張「以身相抵」的欠條糊弄過去，今年可怎麼辦？

她愁得開始掉頭髮。

環環以為她太累了，心疼地說：「您是個未出閣的公主，太后命您管宮裡的內務，白家大舅母要您替婚事拿主意，書院和禮部還常常送信來讓您操心，您可好好照顧自己吧。」

自從汀香苑回來，喻太后便格外喜愛李慕歌，覺得她解決李佑顯的困境，跟她是一條心的人，便把許多宮裡的事交給她。

陶氏那邊自不必說，她因為兒子的婚事得罪了娘家，如今兒女都靠著李慕歌謀前程，更是供著李慕歌，自家兒女的婚事也要問她的意見。

李慕歌倒不覺得這些事累，畢竟責任不在她身上，有想法就說一說，不想管也可以不管，自有人辦妥。

難的是顧南野的生日禮物啊！

她趴在床上，跟環環說：「妳悄悄去向妳哥哥打聽，最近侯爺有沒有什麼想要的東西。」

上個月，環環便提醒她要替顧南野準備生日禮物，知道她想了這麼久，仍沒拿定注意。

「問我哥也是白問，要不，問問二表姑娘？我看她做的小玩意兒很受歡迎，請她給您出出主意，您學著做一個。」

白靈秀的手藝很好，之前做了萬花筒給林有儀，後來還特製能換水的筆洗送林有典，又為白靈嘉設計出可定時的沙漏，也送她一個可變形的首飾箱，心思精巧，手工精湛，讓她十分佩服。

李慕歌覺得，白靈秀發明創造的能力，比她還像一個穿越者。不過這是她想多了，主要是因為白靈秀醉心於墨道，又靜得下心來鑽研，才有如此手藝。

「不成。她幫我出主意也沒用，眼睛學得會，手學不會。」

李慕歌手工差，女紅、廚藝便不提了，練字練了一年多，還是寫不好，更不用說彈琴、作畫那些。

有時想想，她挺自卑的，一點才藝也沒有啊。

第五十二章

顧夫人多年沒替兒子過生日，難得今年母子倆都在京城，決定操辦一下，早早給相熟的人家送請帖。

到了顧南野生日那天，毅勇侯府賓客如雲，熱鬧非常。

與李慕歌過生辰不同，這次宴請的賓客都是朝廷或軍旅中身居要職的人，哪怕是女眷，也是當家主母或正室夫人，除非有結親之意，不然不會帶自家未出閣的姑娘來。

柱國公府的連老夫人領著孫媳婦李慕縵，兵部尚書梁道定的妻子帶孫子梁曙光，謝家、林家也請京城的親眷出面赴宴。連大皇子李佑顯都派人送了賀禮。

平日與李慕歌交好的姑娘們都避嫌沒來，今日沒什麼熟悉的朋友，李慕歌只得坐在李慕縵身邊，逗逗連家的小外甥。

小外甥不滿一歲，但一雙手十分有勁，到處亂抓。

今日，李慕歌戴了喻太后前些日子賞的瓔珞，其中鑲嵌著紅綠相間的寶石，十分耀眼。李慕歌拿著瓔珞逗小奶娃玩，小奶娃盯著它就想要，但突然走來幾個人，吸引了李慕歌的注意。

她一走神，瓔珞被小奶娃抓住，勾到頭髮，髮釵瞬間掉了一地。

李慕縵十分抱歉，趕緊拿開孩子的手，惹得孩子大哭起來，亂成一團。

李慕歌見狀，趕緊帶著環環去後廳整理頭髮。李慕縵也抱起孩子，領著奶媽退下。

後廳裡，李慕歌眉頭緊皺，不是因為被抓了頭髮，而是因為剛剛走進正廳的人，是白老夫人、陶氏，以及從西陽遷來的三房夫人。

跟她們一起來的，還有霍明媚。

她仍記得，霍明媚對顧南野有心思。

顧夫人絕不可能邀請霍家人，霍明媚跟著白家女眷來，是醉翁之意不在酒吧。

她一邊整理頭髮、一邊不快地吩咐環環。「妳請大舅母到後廳坐坐。」

環環應聲而去，立刻把陶氏請來。

陶氏苦著一張臉，不用問便知道李慕歌找她有什麼事。

「不是我帶她來，是您外祖母的意思。」

因為一雙兒女的婚事，陶氏跟白老夫人已經鬧僵了，在白家的地位降低不少。她的身分又比不得燕北王妃，在娘家也說不上話。

李慕歌並不是要為難陶氏，只是向她打聽。「再一個多月就過年了，霍家兄妹還不回燕北嗎？」

陶氏說：「我已給燕北王妃寫信，催著他們把人接回去呢。但自入冬之後，女真族屢次侵犯燕北邊境，王妃說現在趕路不安全，讓世子和郡主等燕北形勢平定了再返回。」

李慕歌嘆口氣。白家把人接來，現在送不回去了。

「現在外祖母到底是怎麼打算的？」

陶氏也嘆氣。「婆母知道咱們兩家聯姻是不成了，但她答應過這件事，現在覺得理虧，在霍家面前直不起腰，便想著幫世子和郡主在京城說個好媒，算是給燕北王交代。」

李慕歌更緊張了，也起了怒意。「說媒？她把霍明媚帶來侯府，是打算替霍明媚說哪家的媒？」

李慕歌可以不與白老夫人計較霍旭的事，但白老夫人若是打算撮合霍明媚和顧南野，她可忍不了。

她與顧南野有結親之意，這事別人不知，但白家人是十分清楚的。

白老夫人打從一開始就沒幫過她，反而處處為難，讓李慕歌難以理解。

這老太太怎麼回事？白家有位公主不好好供著，偏偏去討好別人家的郡主，糊塗得太沒道理了。

陶氏夾在中間，左右為難，搓著手裡的帕子。「我也不知道。最近我忙著淵回和婷兒的婚事，極少在她跟前服侍。」

李慕歌用手指支著自己的太陽穴揉了揉，漸漸冷靜下來。

白老夫人的舉動的確太反常了，反常必有妖。

她倒要看看，白老夫人到底是為什麼胳膊肘往外拐？

李慕歌收拾好妝髮和心情後，從後廳出來，瞧見霍明媚坐在她剛才的位子上。

若她執意上前，論身分，霍明媚要讓座給她，但這麼多賓客在，李慕歌不想讓大家留下盛氣凌人的印象，何況是顧南野的生日，她不想鬧得不愉快。

「算了，我們出去轉轉。」李慕歌轉身，帶著環環朝外面園子走去。

毅勇侯府的花園是秋天收拾出來的，顧夫人愛花，在園子裡布置了很多花圃和花架。如今雖是隆冬時節，但一簇簇山茶和臘梅開得正好，馨香撲鼻。

李慕歌披著斗篷，擇了一處花架旁坐下，從袖子裡取出準備給顧南野的生日禮物——一疊灑金紙做的卡片，上面寫著「心願卡」、「原諒卡」之類的字。

「環環……」李慕歌看到這個生日禮物，心虛得不得了，覺得自己對顧南野太敷衍了。「我送這個給侯爺，他不會生氣吧？」

環環也覺得敷衍，但都到這個地步了，不能太打擊李慕歌的心情，於是說：「您送什麼，侯爺都會高興的，他何時生過您的氣？」

話雖如此，但……

李慕歌嘆氣，男朋友太有本事也是個煩惱，什麼都不缺，也不需要她照顧，感覺她跟個擺飾一樣，沒多大用途。

「妳去思齊院看看侯爺有沒有空。禮物是拿不出手，但總要送出去的。」

環環領命而去。

整個上午，顧南野都在書房接待賓客。

他極少辦筵席，又不朋不黨，有意攀附他的人也找不到門路。

今天難得辦宴，連雍帝和大皇子都送來賀禮和賀詞，其他人自然蜂擁而上，為名為利，各顯本事。

顧南野倒也一改往日的冷漠嚴肅，待人接物竟露出幾分溫和親善，讓賓客受寵若驚。

但這樣的場合，大家只說些場面話，談不了什麼重要的事，只是一撥一撥的送往迎來。

好不容易又把一批賓客送出書房，讓人帶去正廳，顧南野的臉便沈了下來。

宋夕元陪著他待客，看他如此勉為其難的應酬，覺得十分好笑，忍著笑意說：「你再忍一會兒，午宴之後就好了。」

顧南野橫他一眼，不說話，生著悶氣。

這陣子，禮部推行新政，要在各地廣建官學；戶部做田賦改革，免除苛捐雜稅；兵部設立衛所，打算削減藩王兵權。

這一切的一切，都受到層層質疑，行事頗為艱難。

他們需要更多支援，不得不把顧南野推出來拉攏人心。

原本由顧南野這個惡人來做這些事是不合適的，可他掌管的刑部這一年來查抄了不少權貴要案，誰家沒被顧南野查過？誰家沒點把柄在他手上？

如同手上拿著生死簿的閻王，若能求得顧南野網開一面，那可真是阿彌陀佛了。軟硬皆施，便十分合適。

顧南野正不耐煩時，環環求見，他便甩下應酬的事，全扔給宋夕元和范涉水，去後院找李慕歌了。

李慕歌在花架下等著，聽到腳步聲漸近，以為是環環，轉頭一看，卻是霍明媚來找她。

「公主，原來您在這兒，我到處找您。」

李慕歌不解。「妳找我做什麼？」

霍明媚眼神閃爍，上前幾步，低聲道：「方才您一出來，就有人向顧夫人打聽侯爺的婚事，聽說顧家求娶您被皇上拒絕，便有人替顧夫人介紹其他家的姑娘。」

她說著，仔細觀察李慕歌的神色，卻見李慕歌一點都不意外，更不著急。

李慕歌挑眉。她當然不著急，顧夫人和顧南野都不會理那些想作媒的人。

「郡主跟我說這些做什麼？侯爺的婚事，自有顧家的人操心。」

其實，霍明媚摸不清李慕歌跟顧南野到底是什麼關係。

這段日子，她向很多人打聽，有人說他們緣分深厚，從金陵一路走來，經歷很多事。

也有人說他們是互相利用，顧南野想藉李慕歌的身分，取得雍帝更多的信任；李慕歌則把毅勇侯府當成依靠，根本是各取所需，不然為什麼雍帝拒絕顧家的求娶後，這兩人一點都不著急，沒有任何進一步的動作呢？

霍明媚拿定主意後，決定明著試探李慕歌一下。

「聽您這麼說，我就放心了。之前我聽到流言蜚語，說公主非侯爺不嫁，我非常替您擔心。且不提顧侯大您七歲，年紀不合適，誰都看得出來，顧侯求娶您是有所圖謀，皇上定然是看穿顧侯的心計，才拒絕這門婚事。」

李慕歌聽得都快笑出來了，反問道：「原來郡主這麼看待顧侯？」先前不還仰慕顧南野嗎？這麼看不上他，還來他的生辰宴做什麼？

「我在京城住了段日子，大家都說他不好，挾勢弄權、心狠手辣、殺人如麻……」

李慕歌笑著打斷她。「哦，好，我知道了。那郡主也別忘了今日說的話，以後千萬別靠近顧侯。」

霍明媚的腦袋是榆木做的吧？在她面前說顧南野壞話，挑撥離間的手段也太低級。

李慕歌也不管霍明媚是真傻還是裝傻，起身準備離開。顧南野該跟環環一起來了，她不想讓他們倆碰面。

孰料，她剛走一步，霍明媚便緊緊跟上。

「公主要去哪兒？今日的賓客，我都不認識，又是長輩，我只認得您，能不能跟您待在一塊兒？」

李慕歌搖頭。「今日我還有別的事，恐怕不方便帶著妳。」

話音剛落，霍明媚的眼淚嘩的掉下來，哽咽著說：「我是不是哪裡惹您不高興了？您告訴我，我向您賠罪，求您不要討厭我，也不要讓大家討厭我。我進京幾個月，還沒有朋友，大家都說因為您不喜歡我，才不跟我來往。」

李慕歌滿頭霧水。這人剛剛還好好的，怎麼說哭就哭，也太像演員了吧！

而且，她什麼時候讓大家討厭她了？

李慕歌更厭惡霍明媚了，索性直接道：「郡主，我與妳並不熟識，也不打算跟妳深交，但我還不至於背後當小人。如果妳在京城待得不開心，建議妳早點回燕北，妳在家鄉，想必有很多朋友。」

「您是在趕我走？」霍明媚非常委屈，咬著嘴唇。「雖然您是公主，但也不能這麼欺負人。而且這裡是侯府，您不能趕我走，就算到皇上面前理論，我也不怕。」

這下，李慕歌更覺得霍明媚莫名其妙，就算趕她走，還用得著去雍帝面前理論？

她懶得再理這個腦袋不清楚的人，轉身離開。

一扭頭，她就發現，顧南野站在路的另一頭，不知道待了多久。

李慕歌全明白了，霍明媚在她面前演完戲，又在顧南野面前演。

霍明媚越過她，朝顧南野走去，慌張地擦眼淚，解釋道：「侯爺，您不要誤會，公主沒有欺負我……」

顧南野看都沒看她，逕自走到李慕歌面前，皺眉問道：「妳會欺負人？要我教妳嗎？」

李慕歌覺得霍明媚的舉動很幼稚，不打算跟她一樣。

「侯爺，別鬧了，咱們走吧。」

顧南野卻沒動。「妳想趕誰走？在侯府，妳可以做主。」

這句話把李慕歌的心情哄得極好，有種她已經是侯府女主人的感覺。

「算了，今天你生辰，來者是客，若是趕了，回頭又有人說你跋扈。」

當著霍明媚的面，李慕歌挽起顧南野的胳膊，強行把人拉走，不想讓霍明媚多看顧南野一眼。

被撇開的霍明媚望著親密無間的兩人，目光冷了下來，漸漸變得狠戾……

李慕歌與顧南野走進花房的暖閣。

顧南野按按李慕歌的腦袋，心疼道：「怎麼一點脾氣也沒有？由得她這麼氣妳？」

李慕歌道：「又沒真氣到我，還把我逗笑了。」

顧南野有點發愁，她這性子，以後不知道要吃多少悶虧。

李慕歌打趣他。「而且，說來說去，都怪侯爺，是你太能招蜂引蝶。」

顧南野實在冤枉，露出疑惑的神情，想了一下才明白過來。

「霍明媚看上我了？她有病？」

李慕歌立時笑趴在他懷中。「侯爺，你這麼說，聽起來像是在罵自己。」

顧南野的意思是，他跟燕北王絕不可能聯姻，如果霍明媚不明白，就真的是腦袋有病。

不過，眼下他不想再討論其他的女人。

「妳讓環環找我有什麼事？」

「哦，對，生日禮物！」李慕歌拿出卡片。「我先說明，不是我不用心，但你什麼都不缺，我真的不知道該送什麼給你，只能做這些卡片。

「使用心願卡，只要我能做到，我就滿足你一個心願。

「如果你惹我生氣了，可以使用原諒卡，我一定原諒你。

「還有聽話卡、懲罰卡、真心話卡……就是字面的意思。」

顧南野樂了，小姑娘怎麼這般可愛，腦袋裡裝的全是有意思的東西。

他收下卡片，這可不比皇帝的免死金牌差，還更實用。

「這禮物不錯，但妳也不能一直混過去……」

之前的「以身相抵」欠條，還有現在的特權卡片，其實顧南野沒得到什麼眼下的實惠，覺得自己太吃虧。

既然有機會獨處，顧南野就想先討點利錢了。

「妳去我房裡休息一會兒，下午帶妳出去玩。」

李慕歌也懶得再回去應付霍明媚，便讓環環傳話，說她身體不適，先離開了。

生日宴上，顧夫人左右不見李慕歌，派人去找。

下人來回話，說她不舒服，在顧南野的院子裡休息。

顧夫人放心不下，又不能撇下賓客，遂讓辛嬤嬤帶著午飯去看她。

辛嬤嬤急匆匆趕去，卻見李慕歌背著手在房間裡閒步，一會兒摸摸牆上的弓箭、一會兒摸摸桌上供著的長劍。

「公主。」辛嬤嬤上前，摸摸李慕歌的手腳和額頭，見一切正常，不解地問：「下人說您身體不舒服，是哪裡不好？要不要請大夫來看看？」

李慕歌不好意思地說：「沒什麼大礙，方才逛園子時，有些頭疼腦熱，剛剛坐了一會兒，好像又沒事了。但前面已經開席，我就不過去了，免得驚擾大家。」

吃不吃筵席沒什麼要緊，辛嬤嬤便沒多說，把帶來的食盒端上桌，替她布菜。

辛嬤嬤陪李慕歌吃飯，想起一事，問道：「今日來赴宴的明媚郡主，方才是不是有去園子找您？」

李慕歌從碗裡抬起頭，有些心虛地問：「怎麼了？」難不成霍明媚回去後，對眾人胡說八道了？

辛嬤嬤癟著嘴。「剛剛郡主當眾說出去找您玩，不一會兒哭著回來，白老夫人問她怎麼了，她又不說。既然不說，為何不等哭完了再回來？遮遮掩掩的，引得眾人猜測，以為是您欺負她呢。」

得！霍明媚在她跟顧南野面前演完戲，又到席上演了。可惜，演技太拙劣，像個蠢笨的小丑，自降身分。

李慕歌跟辛嬤嬤解釋。「沒欺負她，是她看上侯爺了，但我和侯爺沒給她機會。」

辛嬤嬤咬牙。「真是不害臊，堂堂一個郡主，為什麼要為一個男子在別人面前獻殷勤？」

李慕歌並不擔心霍明媚討好顧夫人，顧夫人不是白老夫人，明白事理，怎麼會吃霍明媚又傻又白那一套。

但辛嬤嬤生怕李慕歌吃味，連忙說：「公主放心，我幫您看著，不會讓她接近夫人和侯爺的。」

李慕歌笑著答謝。

她從未擔心霍明媚會影響顧家，是擔心霍明媚影響白老夫人。白家的榮辱興衰，會影響到她和顧南野。

午宴結束，顧南野來房裡尋她時，李慕歌問出心裡的疑惑。

「白家跟霍家都是陶家姻親，除了這層關係，是不是還有其他的糾葛？總感覺外祖母十分討好霍家，侯爺知道是為什麼嗎？」

顧南野是壽星，午宴飲了酒，此刻微醺地靠在椅背中，帶著幾分不屑的語氣說：「左右不過是名和利的那些事。白家在東北幾千畝的林場和數座礦場，都是在霍家的關照下經營的，如果得罪霍家，白家便要斷糧。」

難怪連霍家的僕婦都敢對白老夫人甩臉，李慕歌總算明白白老夫人反常的原因了。

李慕歌想著，臉色不由黑沈，想到了最壞之處，低聲問顧南野。「那……前世的白家，是不是跟著燕北王一起反了？」

因刻意說得很小聲，李慕歌離顧南野很近，幾乎要貼進他懷裡。

顧南野半躺在太師椅中，見狀索性將李慕歌橫抱到腿上，讓她靠在他胸膛上歇著。

他低聲在她耳邊說：「嗯，反了。」

李慕歌皺著眉頭，開始發愁，絲毫沒注意到身下的人望著她的眼神越來越熾熱。

「不過，白淵回叛離白家，救出皇長孫，南下金陵投靠我。」顧南野補充道。

李慕歌鬆了口氣，看來白家還有救，難怪顧南野肯屢次出手指點白淵回。

「我呢？我是說桃花，那時候她在哪裡，是怎麼想的？」李慕歌趴在顧南野胸前，抬眼看他，卻被一隻大手按住了腦袋。

顧南野半天沒吭聲，只是一下一下摸著李慕歌的後腦勺。

「侯爺？你醉了嗎？」李慕歌不解地問。

顧南野坐直了些，把懷裡的小姑娘摟得更緊。

「燕北王為逼皇上交出傳國玉璽，也為逼我退兵，每天擇一名皇室中人推下宮樓。葉桃花是第一個。」

當時他也覺得憤怒，但並不覺得心痛，可如今回想起來，腦海中便浮現出如孤雁一般墜落的女子，頓時生出椎心之痛，令他心慌失措。

「這樣的事，不會再發生了。」顧南野的呼吸中夾雜著酒氣，但眼神和語氣格外堅定。

近日李慕歌並未夢到這些，問了才發覺，顧南野竟是自責。

今天是他的生日，她不想再說傷心往事，便揚起笑臉問：「你說的話，我自然信。方才說下午帶我出去玩，可還算數？」

顧南野放下回憶，陪她起身。「當然算數，走。」

李慕歌如小尾巴般跟在他後面，雀躍問道：「上哪兒玩？」

顧南野回首，神情有些得意。「看我賽馬去！」

第五十三章

去年，顧南野帶著部分西嶺軍心腹入京，但將士們在天地間野慣了，實在憋不住，經常相約到京郊的馬場跑幾圈，活動活動筋骨。

今日是顧南野生辰，將士們礙於身分，不便到侯府赴宴，都在馬場候著他。

李慕歌頓時來了精神，很想認識那些跟顧南野出生入死的人，也想一睹顧南野在馬場上的英姿。

顧南野見她如此雀躍，打趣道：「等會兒吃了涼風和沙子，可別叫苦。」

李慕歌笑道：「我才沒那麼嬌氣。」

出門前，顧南野摸摸她的手，感覺有些涼，便吩咐府裡人備了暖手爐，又取來護膝、狐裘和圍脖，將李慕歌從頭到腳包裹得嚴嚴實實，這才帶她出門。

等顧南野趕到馬場時，寬闊場地上已有四、五十人聚在那裡，各自騎著駿馬，三五成群地遛著，徐保如、范涉水、馮虎也在。

徐保如見顧南野來了，去馬廄把他的坐騎牽來，笑著問：「公主也來啦，想騎馬嗎？」

李慕歌正打算點頭，顧南野卻說：「沒準備小馬駒，今日就算了，她來看熱鬧的。」

李慕歌聽了，有些哀怨地望向顧南野。

顧南野挑眉，將自己的馬牽到李慕歌面前。「這些都是從邊疆帶來的烈馬，不適合初學者，回頭再幫妳挑一匹合適的小馬。來，妳摸摸牠。」

馬兒高大，毛皮油光發亮，發現生人靠近，不安地甩頭，用蹄子刨地。

顧南野拍拍馬脖子，馬兒立時安靜下來。

李慕歌踮著腳才能摸到馬臉，樂道：「真好看。牠叫什麼名字？」

「霜天。」

李慕歌發現，霜天的腹部和前後蹄上有很深的傷痕，連皮毛都蓋不住，心疼地問：「牠受過很多次傷？」

顧南野眼中難得露出憐惜。「是，牠隨我征戰沙場，屢次救我，也是一名英勇戰士。」

雖然李慕歌不能感同身受地了解士兵與坐騎間的羈絆，但這些傷痕告訴她，戰場有多麼凶險。

霜天身上尚且有這麼多傷痕，那顧南野呢？

李慕歌轉頭去看顧南野，顧南野正幫霜天順毛，沒瞧見她心疼的模樣。

一會兒後，顧南野安撫好霜天，帶李慕歌去避風的看臺上坐下。

李慕歌嫌位置離賽道太遠，想坐近些，顧南野貼心地阻止她。「下面風沙大，且萬一有馬發狂，容易傷人。」

在外面，他對李慕歌的安全事無巨細，慎重以待。

馬場管事十分殷勤地準備了茶水，送到看臺上，低眉順眼地對顧南野說：「小的不知侯爺今日請了公主大駕光臨，準備不足，點心太過粗糙，羞於奉上，只備得熱茶一壺，請侯爺和公主見諒。」

李慕歌不甚在意。「沒關係，剛用完膳，現在也吃不下。」

管事陪笑著，燙好茶杯、斟上茶水，請他們飲用。

李慕歌不愛喝茶，也不渴，遂放在茶盞中。

顧南野剛拿起茶杯，下面的人便策馬呼號著從面前跑過，催促他快去比賽。

他和將士們約好，今天下午賽馬，贏了他的有賞。

「我去跑幾圈。」顧南野放下茶杯，矯健的身姿越過柵欄，跳進了馬場中。

見他走了，管事的目光沈了沈，道：「公主和侯爺想必是喝不慣金駿眉，小的去換些茶水上來。」

李慕歌看了一眼。「不用換，就放這裡吧。這裡不需要你伺候，下去吧。」

管事猶豫一下，終是恭敬地退出去了。

李慕歌的目光全在顧南野身上，馬場中，顧南野和另四名士兵已準備好，一字排在馬廄的柵欄口。

一道響鞭聲起，柵欄一起降下，駿馬齊頭並進地衝出來，掀起漫天沙塵。

李慕歌見過顧南野騎馬，但只是踱步，從未馳騁奔跑，不由翹首以盼，恨不得喊兩嗓子幫他加油。

霜天雖有舊傷，但依然驍勇，馱著顧南野一騎當先，毫無懸念地拿了第一。

比賽的將士們紛紛感慨。「將軍還是這麼快，也不給我們一點盼頭。」軍中的下屬們，還是習慣喊顧南野為將軍。

顧南野遛著馬，訓道：「是你們疲怠了。多日不練，竟然差這麼多？京城的水土把你們養成軟骨頭了？」

一名將士打趣道：「雖然咱們盼著您的賞，但太玄公主在旁瞧著，怎麼也不能讓您失了面子呀。」

顧南野橫他一眼。「我需要你們放水？再來比！再敢放水，不僅沒賞，最後一名，軍法伺候！」

將士們頓時精神一振，連忙準備，卯足了勁要一爭高下。

寒冬風冷，李慕歌手中抱著暖爐，但口鼻凍得有些難受。

趁著他們準備第二場賽馬時，李慕歌端起熱茶，正打算暖暖嘴，一個身影忽地從旁邊竄出來。

「不能喝，有毒！」

這聲大喊把李慕歌嚇了一大跳，手中的茶杯掉在地上。

「什麼人?!」環環喝道。

黑影來得不快，環環反應敏捷，看著撲來的黑影，一腳過去，把來人踢翻在地。

那人在地上滾了一圈，手腳並用地爬起身。

怕環環再打他，他離得遠遠地，跪著說：「小人蔣瑞，在馬場當差。有人在茶水裡下毒，小的特來稟告。」

李慕歌和環環變了神色，看看茶壺，又看向蔣瑞。

環環嚴肅道：「把你知道的如實說來，若是救護有功，公主必有重賞；若說謊生事，小心你的小命！」

蔣瑞滿臉歡喜，跪在地上敘述起來……

片刻後，顧南野跑完第二場，依然拔得頭籌，有些得意地去看李慕歌，卻發覺看臺上不尋常的動靜。

他駕著馬趕過去，掃視地上摔碎的茶杯和跪著的人，黑著臉問道：「什麼人？發生了什麼事？」

李慕歌起身，吩咐環環。「先看著他。」

她帶顧南野走到一旁，憂心忡忡地說：「這人說，有人在茶水裡下毒要害我。」

顧南野神色大變，握住她的肩膀。「妳喝茶了嗎？有沒有事？」

李慕歌搖頭。「沒喝。我沒事，侯爺別緊張。」

顧南野立即要喊人過來查辦，李慕歌卻攔住他。

「已經知道是誰了。」李慕歌低聲道：「倘若這人所言屬實，下毒之人，是衛曉夢。」

顧南野疑惑，想了一會兒才記起衛曉夢是誰——金陵衛家的小女兒。

當初，衛家因與左婕妤勾結，在葉典誣告案中被抄。

衛夫人貶入浣衣局，又因在宮中威脅二皇子而被處死。

至於三個孩子，衛長風去馬場，衛問玉發配採石場，衛曉夢進教坊司。

衛長風在馬場做苦工時，與小吏蔣瑞起爭執，害蔣瑞摔斷腿。蔣瑞找人報復，把衛長風打成重傷，後來不治死在馬廄裡。

蔣瑞沾惹上人命官司，丟了官職，也變成馬場苦工。

「據蔣瑞說，衛曉夢為了替衛長風報仇，勾引馬場管事，要整治他。為了自保，他在教坊司裡買通了人，想知道他們的計劃。今日中午，內應跟他報信，說衛曉夢慫恿馬場管事在茶中下毒害我。」

李慕歌說著，皺起眉。「前半段我聽著像是實話，後面卻有些不對。馬場管事當真如此色膽包天，為一個教司坊的官妓，就敢對我下毒？如果我在馬場出事，管事橫豎脫離不了干係，哪還有命享受美人恩？而且我今日是臨時起意來的，衛曉夢怎麼會知道？」

衛曉夢和馬場管事的背後，甚至是蔣瑞背後，應該還有幕後之人。

顧南野點頭。「妳考慮得有理，餘下的事我來處理，先讓馮虎送妳回宮。」

得知這邊出事，顧南野的心腹們很快把馬場裡裡外外圍住，人也盡數扣下。

馮虎點了幾個人，跟他一起護送李慕歌回宮。

路上，李慕歌越想越感慨，衛曉夢原是跟謝知音、林有儀一樣的世家姑娘，因家中出事，淪為官妓，又因仇恨走上不歸路，實在有些可惜。

晚上，馮虎來體元殿回話，說馬場管事在送上茶之後，就被人殺了。

衛曉夢被刑部抓了，一口咬定是李慕歌害得她家破人亡，下毒是她出的主意。

馮虎說：「今日下午，衛曉夢根本沒有來馬場，殺管事的另有其人，但她死活不肯供出幫凶，侯爺還在查辦馬場和教司坊的人。」

「那蔣瑞呢？」李慕歌問。

馮虎說：「蔣瑞身上倒沒什麼疑點，他因衛長風跟衛曉夢結仇，前些日子常被管事折磨，拆穿他們的詭計，是為了求得您和侯爺的庇護，現在暫時被收押在刑部。」

「有什麼消息，你再來告訴我。」

送走馮虎，李慕歌在燈下想了一會兒，吩咐環環。「明日請二舅母進宮一趟吧。」

閔氏姊妹情深，衛夫人死時，閔氏傷心病倒，臥床了幾個月。

不知這一年裡，閔氏有沒有接濟衛家的幾個孩子，跟衛曉夢有沒有來往？衛曉夢想打聽她的消息，也只能從閔氏下手。

李慕歌想著，但願她只是多慮了。

翌日午後，閔氏應召進宮，尚不知衛曉夢闖了禍，以為李慕歌要關心白家的事。

李慕歌沒有單刀直入，而是問道：「二姊姊的婚事籌備得如何了？一切還順利吧？」

閔氏歡喜點頭。「勞公主掛心，一切都很順利。今日林大少爺一早來家中辭行，他要回金陵過年，來年四月再入京迎親。」

林有典和白靈秀的婚事要在金陵舉辦。白靈秀算是遠嫁，閔氏又是歡喜、又是不捨。

李慕歌點頭。「二姊姊遠嫁金陵，沒有親人在身邊，以後的日子全靠自己。將來，她是要做林家長媳的，想挺直腰桿當家做主並不容易，還是得仰仗娘家的支持。」

閔氏以為她在暗指白老夫人那些亂來的事，便說：「公主所慮極是，白家昌盛，嫁出去的姑娘走到哪裡都硬氣；白家倒了，嫁出去的姑娘也會被人看不起。現在我和大嫂都明白公主處處照拂白家的苦心，會盯著婆母和三房那邊的。」

李慕歌點頭，對一旁的環環說：「這個時辰，五公主最喜歡到我這裡來串門子，妳去門口迎一迎。」

環環知趣地退下，關好殿門，守在門口。

閔氏一看這個架勢，心便提了起來，小心地問：「可是白家又出了什麼事？」

李慕歌嘆氣。「自認識二舅母以來，我就覺得您是個明白人。您既然知道白家的興衰關係到姊妹們的幸福，那我便直接問您一句，您跟衛曉夢可還有來往？」

閔氏拽緊了手帕，緊張道：「我這外甥女被貶為官妓，我知道繼續跟她來往，有辱白家門楣，可衛家出事，她是無辜的，我實在無法袖手旁觀。不過，公主放心，我只是每月偷偷派人給她送點銀子，外人不會知道，也不會影響到白家姑娘的名聲。」

李慕歌搖頭。「若只是影響名聲的小事，我何必請您親自進宮一趟？」說罷低聲將衛曉夢下毒害她的事告訴閔氏。

閔氏聽得手直顫，半句話都說不出來。

李慕歌見閔氏害怕，又添了一把火。「我相信您不會賠上全家性命去幫衛曉夢害我，但刑部現在在嚴查與衛曉夢來往的人，您接濟她的事，又能瞞到什麼時候？若您被刑部查辦了，二姊姊還有什麼臉面出嫁？嘉妹妹的未來可怎麼辦？」

閔氏緊張地喘氣，拉住李慕歌的手。「公主明鑑，我真不知道曉夢那孩子存了報仇的心思。起初我接濟她時，她因為我們與您親近，不願領我的情，我託嬤嬤帶話，告訴她衛家出事，皆是因為被左家利用，不是您害的。後來，曉夢請人帶話，說她想通了，不再怨我們。誰知道，她竟是騙我的。」

李慕歌反握住閔氏的手。「我自然相信您，若是疑心，就不會把事情告訴您。只是，到了這一步，衛曉夢是救不了了，為了秀姊姊和嘉妹妹著想，您要趕緊把自己從她的案子中撇清出來。您還知道她的什麼事，她與誰來往密切，可有透露過什麼話？您好好想想，若能將功補過，我定出面幫您斡旋，衛曉夢說不定還能少受些苦。」

閔氏低頭思索，喃喃道：「除了送些銀子給她，我與她來往甚少……」

話未說完，她立刻抬頭道：「半個月前，她託嬤嬤帶回一個小木箱，寄存在我這裡，說教司坊裡總有人搶她的錢財，請我代為保管。箱子上著鎖，我並不知道裡面是什麼。」

李慕歌喊來環環。「妳陪二舅母回府，取了衛曉夢放在白家的箱子，親手交給侯爺。」

環環陪著閔氏回白府，又去了刑部，天黑才回宮覆命。

「……箱子裡都是非常名貴的珠寶，侯爺說有幾種十分少見，可以查到來路。」

李慕歌想了想，十分不放心。「送禮之人送了這麼打眼的東西給衛曉夢，如今衛曉夢被抓，必定會想辦法把東西拿回去。教司坊找不到，早晚尋上白家，我怕二舅母有危險。」

環環笑道：「您放心吧，侯爺也是這麼想的，已命淵回表少爺增派人手防備。如今，他們只怕那人不找，若敢來找，必叫他有去無回。」

李慕歌這才徹底放心。

不出幾天，大理寺接到一件案子，霍明媚說她的七寶瓔珞被盜了。

大理寺卿周泰帶霍明媚去刑部，她的七寶瓔珞果然在衛曉夢的箱子裡。

霍明媚找到瓔珞後，反而誣陷是閔氏盜取了她的珠寶。

「必定是我借住白家時，閔氏派人從我房裡偷走的。不用攀扯別人，那個教司坊的官妓，我根本不認識，就算認識，我又怎會把這麼珍貴的珠寶送給她。若這匣子真是那官妓的，也是閔氏偷我的東西，去補貼自家外甥女！」

刑部提審衛曉夢，衛曉夢根本不承認那個箱子是她的，如此一來，贓物出現在閔氏手中，就有些說不清了。

李慕歌知道此事後，憋了一肚子怒火，也存了滿腦子的疑惑。

事情敗露，衛曉夢為何寧可誣陷救濟她的姨母，也不肯指認霍明媚？還是，她打算自己扛下所有罪，指望霍明媚替她報仇？

若是衛曉夢和霍明媚要聯手害她，那霍明媚未免太狠毒，就因為顧南野生辰那天的爭執，便要置她於死地？

再者，霍明媚與衛曉夢又是怎麼勾結到一起的？

因霍明媚指控閔氏盜取珠寶，白家一下子鬧翻了天，如果定了案傳出去，白家的面子、裡子全丟光了。

這日，白靈婷帶著白靈嘉，匆匆進宮求見李慕歌。

關緊殿門後，白靈婷把白靈嘉推到李慕歌面前。「妳自己說！」

白靈嘉雙眼紅腫，看得出哭了很久，現在被白靈婷一吼，又要落淚。

李慕歌詫異。「嘉妹妹，妳要告訴我什麼？」

白靈嘉忍不住哭出聲。「我不是故意的，我真的不是故意的……」

白靈婷在旁氣呼呼地站著，見她半天沒說出話，上前訓道：「妳這張嘴平時那麼會說，怎麼現在說不出來了？妳已經害白家丟了臉面，再不求公主幫忙，等著妳母親被休、妳姊姊被退婚嗎？」

白靈嘉聽了，哭得更厲害，哽咽著開始說起正事來……

第五十四章

自霍明媚借住在白家後，與白家姑娘們相處得並不好。白靈婷與霍明媚撕破臉，白靈秀對霍明媚也很冷淡，只有最小的白靈嘉不懂其中深淺，常與霍明媚來往。

霍明媚總跟白靈嘉說，她想與李慕歌做朋友，常問起李慕歌的事。在一次閒聊中，白靈嘉不知不覺聊深了，說起她姨母一家曾被人利用，質疑過李慕歌的公主出身，最後落得抄家的地步。

「……我只是覺得曉夢姊姊可憐，便多說了幾句。後來，世子找我，說他憐惜曉夢姊姊，願意幫她脫奴籍，要我偷偷約曉夢姊姊出來私會。」

李慕歌心中一沈。「妳照霍旭說的做了？」

白靈嘉哭著點頭。

李慕歌尚未說話，白靈婷已喝斥起來。

「妳叫我說什麼好？堂堂書香門第的姑娘，居然做起這種骯髒的事，真是丟盡白家臉面！那七寶瓔珞說不定就是霍旭送給衛曉夢的定情信物，卻說是二嬸偷的，現在可好，不管說不說得清，二嬸都沾了一身腥。妳叫外面的人怎麼看我們？我和秀妹妹出嫁後，還怎麼挺直腰背做人？」

「好了。」李慕歌聽白靈婷越說越多，喝住她。「現在責備再多，又有什麼用？妳是要把嘉妹妹逼死嗎？」

李慕歌氣得咬牙，霍家兄妹好狠，一邊欺騙感情，用脫奴籍引誘衛曉夢，一邊哄騙小姑娘，欺負白靈嘉天真，要她為他們做些不齒的事。

而且，即使白靈嘉上公堂指認霍旭與衛曉夢有私情，也不能證明閔氏交出的珠寶是衛曉夢的，更不能證明是霍家指使衛曉夢下毒。

但這樣一來，白靈嘉的名聲可就徹徹底底地毀了。

李慕歌不得不說，他們贏了，贏在他們知道白家和李慕歌會珍惜白靈嘉的名聲。

白靈婷見她半天不說話，急得催促。「公主，您說現在可怎麼辦？大理寺和刑部天天派人到家裡問話，外面已經傳出風言風語了。」

李慕歌沒理她，柔聲問白靈嘉。「關於霍旭和衛曉夢的事，妳還跟誰說了？」

今日白靈嘉偷偷溜出門，原是要去找霍旭，想問瓔珞是不是他送給衛曉夢的？霍明媚又為什麼要誣陷她母親？

但她還沒見到霍旭，就被前來找霍明媚理論的白靈婷撞見。

白靈婷覺得白靈嘉神色有異，反覆逼問，白靈嘉才說出真相。

白靈婷大驚，當即帶她進宮，直接找李慕歌。

白靈嘉搖頭。「除了妳和大姊，我沒敢再告訴誰了。」

也就是說，白府的其他人還不知道。

李慕歌鬆了一口氣。「這事妳就當沒有發生過，永遠放在肚子裡。妳不要太自責，這與妳無關，是霍家兄妹存了虎狼之心，即使沒有妳，他們也會用有其他辦法打聽到衛曉夢的事，鑽這個空子。」

白靈嘉哭著問：「那我母親怎麼辦？刑部會不會把她抓走判刑？」

李慕歌搖頭。「霍明媚沒有證據，只是空口無憑地誣陷二舅母。這件事，我去找侯爺說，不會委屈妳們。」

白靈嘉感激不盡，哭著保證再也不亂講話、亂做事了。

白靈婷卻有些憤慨。「就這麼便宜了霍家的人？就算不能坐實霍家指使衛曉夢下毒之事，也該把他們拖下水，讓他們嘗嘗被人非議、懷疑的滋味！」

李慕歌吩咐環環帶白靈嘉下去洗臉，才對白靈婷講道理。

「把霍家拖下水，就是把嘉妹妹拖下水。嘉妹妹今年才十三歲，她若上公堂，當眾承認替自己表姊拉客，她還要不要活了？不說外人，單是外祖母，決計饒不了她。現在知道霍家從中做了手腳，他日自有法子報這個仇，何必逞一時之快？」

李慕歌反覆叮囑白靈婷，以後不可再提這件事，要她多開導白靈嘉，知錯就好，不必過於自責。

片刻後，李慕歌親自送白家姊妹出宮，並去了刑部。

李慕歌見到顧南野，說了白靈嘉來找她的事。

依顧南野的意思，縱然拿不住他們下毒的證據，也要從別的地方下手，懲治霍家兄妹。

李慕歌搖頭。「小打小鬧的，並不能拿霍家兄妹如何，而且提前跟燕北鬧僵，對父皇和你都不好。」

顧南野十分不快，他可不是忍氣吞聲的性子。

他正盤算著要怎麼對付霍家的兩隻小老鼠，便聽李慕歌說：「有件事，要請侯爺幫忙查一查。」

「妳說。」

「環環跟我說，你生辰那日，她在侯府見到了一個故人……」

那天，環環去請顧南野來見李慕歌時，路過僕從休息的角房，在人群裡看到了趙慧媛。

提起趙慧媛，顧南野一時沒想起來，經李慕歌提醒，才記起她是前任金陵太守的長女。

趙太守死在流放途中後，趙慧媛便不知下落，但顧南野和李慕歌沒打算對趙家趕盡殺絕，所以沒放在心上。

李慕歌道：「環環跟我說時，她不太確定，怕是自己看錯了，或是生得相似。當時我也沒往心裡去，想著是趙慧媛又如何？趙家敗落後，她賣身為僕亦有可能，沒想著一查到底。

但出了衛曉夢的事後，我再想到這事，就覺得蹊蹺了。」

顧南野很快明白過來，李慕歌為什麼要查趙慧媛。

趙慧媛與衛曉夢同是金陵的官家姑娘，必然是認識的。若衛曉夢投靠霍家，趙慧媛又跟霍明媚出現在毅勇侯府，那麼她們極可能是互相勾結的。

有了推測的方向，刑部再查起來，便容易多了。

不久，顧南野查到趙慧媛投靠霍家，做了霍明媚的丫鬟，並有教司坊的人為證，看到趙慧媛常與衛曉夢來往。

珠寶偷盜案，刑部很快就判了下來，是霍明媚的丫鬟趙慧媛監守自盜，交予好友衛曉夢保管，與白家二夫人並無關係。

除了這些，顧南野順著趙慧媛的線索，發現趙家師爺跟霍家死士也藏匿在京城，以私藏武器的名義，剿了幾處地方。

顧南野只說是清剿暴徒，並不挑明與霍家有關，讓霍家緊張又傷神。

案子塵埃落定，白家鬆口氣，白老夫人在族人面前卻有些沒臉了。她賣力討好霍家，霍家卻絲毫不把白家放在眼中，說誣陷就誣陷，絲毫不顧往年的情分和世家的體面。

但白老夫人不敢找霍家問罪，把這腔怒氣撒在閔氏身上，說她與罪奴勾結，引禍上身，竟逼白家二老爺休妻。

白二老爺雖是個不管事的人，但夫妻感情一直極好，為了閔氏，狠狠頂撞白老夫人，說白家若是容不下他們夫妻，他們就要分家，出去單過。

陶氏見二房鬧開了，急得上火，生怕影響白靈婷的婚事，不斷在白老夫人、二房、霍家之間斡旋，好不容易才把事情壓下去。

但這個年節，卻是無心過了。

臘月二十四小年夜，宮中設宴，除了宗親，股肱大臣及有誥命的女眷也都受邀。

陶氏是未來太子妃的母親，雖沒有誥命，亦被邀請了。

她進宮後，先向喻太后問安，而後又到體元殿裡坐了一會兒，一直拉著李慕歌吐苦水。

「這幾個月，家中沒有一天消停，我的頭髮都白了許多。我天天受氣，到處賠笑，今日能進宮赴宴，總算是偷得半日閒。」

李慕歌笑著安慰道：「等表姊做了太子妃，誰還敢讓您受氣？家中的事處理起來，也就輕鬆了。而且您馬上要有兒媳婦了，到時候自有貼心人為您分擔。」

陶氏撇嘴。「婆母近來十分不對勁，像是見不得長房、二房舒坦，處處找我們麻煩，抬舉三房。」

陶氏是長媳，李慕歌料定她知道不少白家的事，遂直截了當地說了。

「外祖母心中只有名和利，而名利相較，利又是擺在最前的。聽說三房的舅舅會替她掙錢，霍王爺又能送她金山銀山，她行事有偏頗，便好理解了。不過咱們應該牢記，在名利之前，還有一個頂頂重要的，就是得先有命才行。大舅母，您說是這個道理吧？」

原本是話家常，但李慕歌突然的一席話，讓陶氏直冒冷汗。

李慕歌笑著說：「外祖母上了年紀，想必有些老糊塗，也不能讓她一直這麼受累，是時候送她回西陽老家，頤養天年。」

陶氏聽明白了，李慕歌想讓她奪權。

她願意這樣做，可怎麼辦得到？她被白老夫人管了二十多年，一時之間，積威仍在，她非常膽怯。

李慕歌也清楚陶氏的魄力和手腕不同一般，眼下只是打個鋪墊，不指望她能立刻做到，還需要等待適合的時機。

見時辰差不多，李慕歌和陶氏便起身，一起去了宴廳。

到了宴廳，許多人認出陶氏，紛紛向她道賀，讓她賺足面子，瞬間心情大好，和眾位夫人攀談起來。

李慕歌獨自轉了一圈，沒瞧見顧夫人。

顧夫人是三品誥命，也在賓客名單上，李慕歌是確認過的。

她喊來管事宮女，問道：「毅勇侯的母親還沒到嗎？」

管事宮女說：「顧夫人到了，可方才被胡公公請走了。」

李慕歌暗驚，有些不安，思量再三，還是去養心殿找人了。

養心殿裡，雍帝特地給顧夫人賜座，與她閒話著。

「……妳不僅教出一個能幹的兒子，姪兒也十分得力，朕打算擢升宋卿為員外郎。」

員外郎是從五品官員，宋夕元入仕不足一年，便破格提拔，讓顧夫人有些顧慮。

「官員擢升應按照吏部規制來辦，夕元雖然得力，但到底資歷尚淺，只怕會惹來非議，還請皇上三思，切莫徇私。」

顧夫人心想，如果是正當提拔，雍帝為什麼要特地跟她說？許是想賣宋家的人情，她覺得這樣很不好。

雍帝擺手。「不是徇私，現在朝廷是用人之際，宋卿這一年來的功績，內閣有目共睹，是通過審議的。今日朕召見妳，是有件事要問。」

顧夫人坐直了身子，微微前傾。「皇上請講。」

雍帝讓胡公公拿了幾份奏摺給顧夫人看。

「這是宋卿的上書，主張廣設學院、普及教育、開啟民智，在貢舉科目上亦大刀闊斧地提出幾門實業新科，力主培養實用人才。這些，妳看著眼熟嗎？」

顧夫人飛快看過，神情詫異。「這與我父親的主張十分相似。」

雍帝點頭。「宋家是不是有老師治國方略的遺稿？」

顧夫人立即搖頭。「自從父親入仕，便久居京城，與本家並不親近。這等國家大事，他絕不會洩漏給旁人的。」

雍帝聽了，深深地看她一眼。「宋卿說，這些方略並非他所想，而是歌兒的主意。」

顧夫人以為自己聽錯了，反問道：「小玄兒？」

雍帝點頭，又讓胡公公拿出一封書信給顧夫人看。

「這是歌兒寫給宋卿的親筆信。歌兒讀書甚少，入京前只跟著妳啟蒙半年，所以朕想，這些是不是妳教她的？」

顧夫人認得李慕歌的字，那是她教出來的，但信裡的內容卻不是她教的。

顧夫人看完李慕歌和宋夕元的信，裡面寫的多半是禮部教育改革的事，再回答一些關於立憲的疑問。

顧夫人面上露出幾分悵然，想起很多父親在世時的事。

一會兒後，顧夫人收整情緒，緩緩道：「信中所言，確實與家父當年所想有些契合，但當年變法失敗，家父就義，之後我未再對任何人說過關於變法的事。小玄兒、夕元不知道，連小野都沒說。」

雍帝十分信任顧夫人，即使是她教李慕歌和宋夕元這麼做，也不覺得有問題，只是繼承父志而已。

但顧夫人說不是她教的，他才覺得詫異。

雍帝喃喃道：「莫非真是歌兒自己的想法？」

顧夫人反覆看了看奏摺和書信，再打量雍帝還算平和的神色，道：「夕元和小玄兒都是懂事的孩子，斷不會破壞綱紀。當初我教小玄兒啟蒙時，雖然她所言所思常會有些異於常人的地方，但的確是異常聰慧。皇上若心中有惑，不妨當面問問她，我相信小玄兒是一心為朝廷社稷、為您著想的。」

雍帝見顧夫人想岔了，無奈地笑了一下。「朕沒有疑心她。她是朕的女兒，若真有天賦，也不是不能參政，前朝並不是沒有這樣的先例。」又吩咐胡公公。「宣太玄公主過來。」

雍朝不主張後宮干政，也沒有女子入仕，但因各種特殊原因，太后主政、皇后垂簾聽政、公主輔政，都是發生過的。

這下輪到顧夫人嚇一跳，心中冒出一個想法，卻不敢開口確認。

另一邊，李慕歌在養心殿外徘徊好一會兒，因聽莫心姑姑說有胡公公在裡面伺候，雍帝並不是和顧夫人獨處，便沒有急著求見。

她正轉身踱步，就撞見出殿門的胡公公。

「喲，您正巧在，皇上宣您進去呢。」胡公公臉上笑容極盛。

李慕歌看他笑得這樣殷勤，反而忐忑。「父皇找我有什麼事呀？」

胡公公說：「總歸是好事。」

李慕歌頓時一喜，雍帝先後召見顧夫人和她，莫非是她跟顧南野的婚事有戲了？

她雀躍地小跑進去，笑嘻嘻地向雍帝請安，給顧夫人問好。

見她來得這麼快，雍帝有些詫異，原本打算單獨跟顧夫人說幾句話，也沒了機會。

李慕歌說：「兒臣正要來請父皇赴宴，聽說父皇也要召見我，不知是什麼事？」

年夜飯的時辰要到了，雍帝便長話短說。「之前顧侯跟朕說，妳對政務極有天賦，最近禮部宋愛卿也道，禮部的新方略是參考妳的建議提出，他們說的可是真的？」

原來不是談婚事。

李慕歌有些失望，她沒什麼政治野心，又怕牽扯出自己的來歷，便推託道：「是他們故意吹捧女兒，我哪裡懂國家大事，是聽顧侯說起時，在旁胡亂插了幾句嘴。」

雍帝點了點桌上的書信。「文章寫得如此詳盡，這是胡亂說的？那妳正經說，豈不是更厲害？」

聽雍帝是打趣的口吻，李慕歌撒嬌道：「父皇，那是顧侯故意考我，我想了很久很久才擠出來的東西，沒想到還入了您的眼。」

雍帝挑眉，轉頭對顧夫人感嘆。「妳看看這些孩子，一個個都怕獨占了功勞，互相推託。」又看李慕歌。「從明日起，妳每日上午來養心殿旁聽，朕親自看看，妳的天賦到底如何。」

李慕歌大吃一驚，忙說：「不行不行，我不想參政！」

雍帝跟顧夫人確認後，心中已有數，道：「是讓妳學，還沒讓妳參政。妳搬回宮裡一陣子了，不用像以前那樣去學堂，天天玩得心都浮躁了，不如來替朕分憂。」

李慕歌沒辦法，只得暫時答應下來，準備再找機會跟顧南野談談，問他多次暗中推舉她是什麼打算。

此時，莫心姑姑進來傳話，說喻太后派人來催，該開宴了。

雍帝便不再多說，帶著兩人去了交泰殿的宴廳。

筵席上，李慕歌因為雍帝找她的事有些心不在焉，連坐在對面的顧南野一直看她都沒注意到。

宴會的儀式結束，到了可以隨意走動的時候，顧南野便推掉四周的敬酒，起身去尋她。

他走了幾步，卻被突然冒出來的霍明媚攔下來。

「毅勇侯，我……我有話要跟你說。」

顧南野看著身前的女子，眼神冰冷狠戾，拳頭握緊了幾分。

霍明媚企圖下毒害死李慕歌的帳，他還沒跟她清算，她居然有膽往他面前撞？

不過，顧南野實在不想在筵席上對一個弱女子動手，往旁邊走了幾步，準備繞過去。

霍明媚卻立刻捉住他的衣袖。

顧南野手輕輕一甩，霍明媚一個踉蹌，手中抓的衣袖便溜了出去。

「滾！」

霍明媚有些委屈地看著顧南野。「我沒有得罪過侯爺，侯爺連話都不願跟我說嗎？」

「沒得罪？」顧南野嘴角一勾。「妳與太玄過不去，便是與我過不去。」

霍明媚不服這口氣。「我要說的話跟太玄公主有關，你不想聽嗎？」

顧南野冷笑著說：「她的事，需要妳來告訴我？」

霍明媚氣結。

來京城這半年，她多方打聽顧南野，對他的行事作風也算有所了解。現在看他臉色這麼冷，證明他行事從不給情面，她再不說，只怕沒機會了，於是壓低聲音，直截了當地開了口。

「侯爺為何不願跟燕北聯姻？只要你拋棄前嫌，不管想要什麼，我父王都會支持……」

她話沒說完，顧南野便道：「霍家不想活了？本侯可以成全你們。」

這片刻工夫，他們對峙的樣子，已引來多人的打量。

李慕歌坐在席上想心事，李慕錦忽然拍拍她。「霍明媚拉著顧侯說了好久的話。」

李慕歌一聽，擔憂地往門口看去，瞧見顧南野難看的臉色，不由暗暗嘆氣。

希望顧南野控制住，千萬不要當眾打霍明媚，不然剛剛有點好轉的名聲又要壞了。

第五十五章

見李慕歌坐得穩如泰山，李慕錦著急道：「妳不過去看看嗎？」

李慕歌搖頭。「應該沒事吧。」

顧南野雖是一副臭臉，但瞧著還算隱忍克制，應該不會對霍明媚怎麼樣。

李慕錦卻想錯了，擔憂道：「誰知道呢，好女怕纏，男人也一樣。」

李慕歌失笑，不多解釋，岔開話頭。「大皇兄呢？怎麼沒看到他赴宴？」

李慕錦詫異。「我以為妳知道呢！二皇弟生了重病，父皇讓大皇兄去天津把二皇弟接回來，大概年三十前能趕到吧。」

李慕歌不禁有點替二皇子李佑斐擔心，但願李佑顯不要對他生出什麼歹毒心思，於是拉著李慕錦，問起李佑斐生病的事。

兩人正聊著，忽然一個巨大的身影籠罩而來，抬頭看去，竟是顧南野找來了。

女孩們跪坐在席間說話，顧南野便蹲下與她們平視，看到李慕歌面前的飯菜都沒動，便問：「不合口味嗎？還是身體不適？」

李慕歌搖頭。「不餓。」

顧南野又問：「那出去走走？」

李慕歌點頭，跟李慕錦說一聲，披上斗篷，隨顧南野出去。

剛出殿門，見外面飄起了雪花，顧南野從宮女手上接過油紙傘，替李慕歌打起傘來。

筵席的另一邊，連老夫人與顧夫人坐在一起，望著傘下一對璧人，低語道：「妳看，他們在一起多好，真是好事多磨。」是在說求娶不成的事。

顧夫人神色複雜，心中擔憂遠不只連老夫人想的那樣。

若如她所猜想，雍帝對李慕歌另有指望，那她跟顧南野的婚事，只怕會有更多波折。

顧夫人心裡諸多感慨，口上卻什麼也不能說，只嘆道：「兒孫自有兒孫福，相信他們能過好自己的日子吧。」

顧南野帶著李慕歌走到一處僻靜的宮道上，看著小姑娘專挑有積雪的地方踩，便笑著提醒她。

「當心濕了鞋。」

李慕歌吐吐舌頭。「看著忍不住就想踩。」

見她面上又恢復笑容，顧南野才問：「剛剛在想什麼心事？」

「你看出來啦？」李慕歌駐足望著他。

顧南野轉身與她對視。「妳臉上根本藏不住事。」

李慕歌點頭。「是啊，所以我一點也不適合參政。」

在她的印象裡，搞政治的人應該是城府深、善偽裝的。

聽出小姑娘的口風，顧南野大概猜到怎麼回事。「皇上找妳了？怎麼說的？」

「就拿出我寫的策論，問是不是我自己想出來的。」她抬頭凝視顧南野。「侯爺，宋大哥把策論呈給父皇，是你的意思吧？你一直想讓父皇認可我的天分，但我真的很惶恐，我知道的那些，不過是直接拿別人的來用，其實根本什麼都不懂。」

看出小小的姑娘有大大的煩惱，顧南野摸摸她的頭。

「知史以明鑑，知未來可定乾坤。太玄，我僅比常人多知十年未來，便可助皇上平定禍亂，而妳的來處，是我們欲奔向的遙遠未來。妳所知所言，看似尋常，卻是千百年來，前人鮮血鑄就的結果。匡扶社稷、振興民生的希望，在妳身上。」

李慕歌皺眉，低頭道：「我做不到……我害怕……」

顧南野已經許久許久沒有聽到小姑娘說害怕了。

這一年多來，她成長飛快，從躲在顧家身後的膽怯女孩，到鼓起勇氣冒險進京，又經歷諸多生死波折，現在已能獨立解決問題，還能照顧身邊的人。

顧南野再聽到她示弱般的話，忽然發現，他強加在她身上的擔子太重了。

那是所有人的未來。

李慕歌滿臉糾結，非常不確定地說：「這是國家大事，我真的會搞砸。」她沒自信，也沒膽量。

顧南野見狀，心下一狠，說：「太玄，若妳是個普通的姑娘，我必會將妳護在身後，讓妳無憂無慮地過一生，但妳不是。對於雍朝，對於我們現在所立的天地而言，妳是寶藏，我不能自私地把妳藏起來。」

李慕歌被這番話壓得喘不過氣，竟連天地都搬出來了，未免太誇張。不知是吹了冷風還是心情抑鬱，她的面色變得非常蒼白。

顧南野心疼地撫摸她的臉，壓低聲音，柔和地說：「別怕，我一直在妳身邊，不管發生什麼事，我們一起面對。現在妳還小，不需要擔重任，先從了解和學習開始，怎麼樣？」

對於顧南野的要求，李慕歌難得沒有立即回應，只說：「我要再想想。」

顧南野釋然一笑，把她摟進懷裡。「好，妳慢慢想，我不逼妳。」

李慕歌不說話，沈浸在自己的思緒裡，顧南野則敏銳地注意到，有個人影突然出現在宮道的另一頭。

「啊……你們……」

那人發現李慕歌和顧南野抱在一起，格外吃驚，不由低呼出聲。

李慕歌轉頭去看，是許久未見的李慕貞。

李慕貞抿著嘴，似乎在考慮是裝作沒看見轉身走開，還是坦然地迎上去？

李慕歌想起李慕緩曾說她有照顧姊妹的義務，便主動朝李慕貞走去。

「貞妹妹，妳怎麼沒有來吃年夜飯？」

李慕貞扭開頭。「我不喜歡熱鬧。」

李慕歌又問：「那妳吃飯了嗎？現在要去哪裡？」

李慕貞彆扭地說：「不要妳管。」說罷，錯身走開。

她走了兩步，忽然回頭。「你們的事，我不會到處亂說，我只想一個人清靜過日子。」

李慕歌非常詫異，李慕貞親眼看到左婕妤被燒死之後，性子真的是大變了。

李慕歌笑了一下。「沒關係，我和侯爺的事不是什麼秘密。」

李慕貞非常詫異。

這一年來，她幾乎將自己封閉起來，很怕再知道宮裡的秘密，惹禍上身。如今得知這不是秘密，反倒輕鬆坦然了。

「哼，到底是未出嫁，竟這般不自重……」她嘀咕一句，昂著頭走了。

顧南野聽到後面幾個字，皺起眉頭。

李慕歌拉拉他的衣袖。「她就是個怪脾氣，不用跟她計較。」

但顧南野到底是把話聽進了心裡，不想再讓李慕歌被人非議，把她帶回了宴廳。

大殿廊下，霍旭遇見回筵席的李慕歌和顧南野，似笑非笑地看他們一眼，沒有打招呼，逕自走進去。

霍旭坐定，對一直生著悶氣的霍明媚說：「太玄公主跟毅勇侯似乎是有真感情的，妳想跟她搶男人，有點難啊。」

霍明媚側眼去看他，似是賭氣般地說：「難不難，試試才知道。她和顧侯一日沒成婚，我就有希望。以後的事，誰說得準呢？」

霍旭提醒她。「李慕歌回宮一年，就扳倒左婕妤，替生母報仇，還幫白家把向家到手的大皇妃之位奪走。這樣的人，我們低估她了。」

霍明媚聽了，收起臉上的天真，神情轉為狠戾，低聲說：「哥哥，你怕了？先前不是還想娶她嗎？怎麼，現在說放棄就放棄？」

霍旭被霍明媚激將，有些生氣，壓抑地說：「若我將她娶回燕北，那才是引狼入室！毅勇侯亦然，他們這樣的人，縱然是盟友，也不好控制。妳想拉攏毅勇侯的事，父王一直沒答應，不要再胡作非為了。」

霍明媚露出幾分鄙夷。「原來哥哥就這點膽量，光靠你現在拉攏的幾個蝦兵蟹將，還想成大事？作夢吧！」

她說完，起身往李慕歌的席位走去。

霍旭氣結。霍明媚的野心大得很，但她的手段一直入不了他的眼，偏偏她最會作戲，哄得燕北王夫妻寵著她胡作非為，如今連他也管不住了。

李慕歌瞧見霍明媚走來，有些詫異。她又想做什麼？

霍明媚笑吟吟地說：「公主，我來京城有段時日了，多虧親朋好友照拂，打算在正月初五擺答謝宴，還請公主賞個面子，大駕光臨。」

李慕歌尚未開口，一旁的環環便出聲拒絕。「妳的宴席，我們公主可不敢吃。」暗諷馬場毒茶的事。

霍明媚心知肚明，但直接被一個丫鬟頂撞，氣得臉面掛不住，喝斥道：「我與妳主子說話，哪有妳開口的分？簡直放肆！」

因在筵席上，李慕歌本打算替霍明媚留點面子，既然環環為她出頭了，就得幫忙撐腰，於是順著環環的話說。

「我的丫鬟說得很對，妳的答謝宴，我受用不起。而且上回我在毅勇侯府同妳說得很明白，我跟妳不熟識，也不想深交，郡主還請自重勿擾。」

以霍明媚對李慕歌的了解，她在人前不會撕破臉，所以才選擇在這麼多人面前邀請她。但沒料到，主僕倆會這麼直接地拒絕。

眾人都聽到李慕歌不想跟她來往了，她還有什麼臉待在京城？

霍明媚憋了半天，又拿出演戲的模樣，道：「之前因為盜竊案，公主和白家與我有些誤會，我這不是想趁著答謝宴，化干戈為玉帛嗎？」

李慕歌心中覺得好笑，霍明媚還好意思提那件事？

於是，她似笑非笑地說：「妳想和好，我們就得和好嗎？」

饒是霍明媚再能裝，接連被搶白，也有些憋不住了，諷刺道：「公主如此心高氣傲，看來我高攀不起，也罷。不過，聽說白家同時籌備三場大婚，銀子吃緊得很，回頭莫要四處求人才好。」

李慕歌挑挑眉。

霍家這是用白家的家底要脅她？

他們憑什麼認為她會為了白家再三讓步？真以為她好欺負？

李慕歌沒說話，但心裡想著，先前跟顧南野提的改革，要加快一點了……

散宴後，雍帝留了顧南野議事，李慕歌便代為送顧夫人出宮。

兩人攜手走在宮道上，顧夫人才有機會單獨跟李慕歌講話。「我看那個郡主一直纏著妳和小野，甚是煩人。」

李慕歌笑著說：「我原是想早點安排他們回燕北，但侯爺說把人放在咱們的眼皮下，方便掌控燕北的消息，便由得他們去了。」

顧夫人點點頭，不再提這對討人嫌的兄妹，轉而道：「宴會前，看妳父皇的態度，對妳寄予了厚望。」

李慕歌嗔怨。「都怪侯爺，他總在父皇面前亂說話，把我吹得跟什麼似的。如今我成了趕鴨子上架的鴨子，您可得幫幫我。」

顧夫人苦笑。「這是朝政大事，我可不能干涉。不過……以後妳真的參政，世人必然以為是小野借妳的身分爭權，誰會想到妳的百般不願和他的苦心？」

李慕歌皺皺鼻子，滿臉不高興。「就是，他也不為自己想想。何況我連自己的日子都沒過好，哪敢對天下人的生計負責？」

她說著，眼神都黯淡了，她是真的害怕。

王冠，並不是任何人都能承受其重。

但想到霍家為所欲為的樣子，完全不把皇權和人命放在眼中，又覺得她該為社稷做點力所能及的事。

顧夫人心疼兩個孩子，但現在形勢不明，也不便多說。

歇下前，胡公公特地來了體元殿，叮囑李慕歌，明日卯時記得到養心殿。

等胡公公走後，李慕歌把自己埋進被子裡，不想理人。

環環心疼道：「寒冬臘月的，皇上為什麼讓您這麼早過去呀？」

李慕歌悶聲把雍帝讓她學政務的事說了。

環環大驚失色。「皇上的意思是……」

「噓，慎言。」李慕歌打斷她。「咱們在宮裡，不可像在白家時那樣放肆了。父皇的意思，咱們不清楚，也不能亂猜，但要更小心。」

環環慎重地點頭，想了想，擔憂道：「就算咱們不說，但過幾日大皇子和二皇子回宮，知道此事，肯定會多想的。」

「這是沒辦法的事，瞞又瞞不住，兵來將擋，水來土掩吧。」

李慕歌也正在為這個煩心。先前李佑顯已對她表現過敵意，若非他遭朵丹公主算計，弄得四面楚歌，只怕會對她下手。

等李佑顯大婚之後，解了燃眉之急，發現她真擋了他的前路，那她好不容易維護的後宮關係，肯定會惡化。

因種種心事，李慕歌一夜沒睡好，感覺自己剛睡著，就被守夜的宮女喚醒，要起床去養心殿了。

臘月廿五是年前最後一次的大朝之期，卯時正，雍帝便上朝去了，李慕歌趕到養心殿時，他還未下朝。

莫心姑姑帶李慕歌去養心殿的正殿，在正殿通往寢殿的垂簾門後，已設置一張桌案，側面用花鳥屏風遮起，外面再擺上蘭花等盆景，根本看不出裡面還藏了人。

「皇上的意思是，先委屈公主待在這裡，待年後有了合適的時機，再向內閣大臣們引薦公主。」

「好好好，沒問題，這裡就很好！」

莫心姑姑還擔心李慕歌覺得憋屈，沒想到她滿臉歡喜，一副求之不得的模樣。

屏風後的空間其實很大，桌案上還準備了文房四寶、熏香、暖爐、茶水等一應物品，非常周到。

莫心姑姑帶著李慕歌，先去側殿用早膳，剛吃到一半，前頭就傳話說下朝了，李慕歌忙丟下筷子，提前坐到養心殿的屏風後。

片刻後，雍帝帶著內閣大臣，並其他幾位需要單獨議事的臣子們，來到養心殿。

雍帝進門後，不著痕跡地瞥了屏風一眼，莫心姑姑點頭示意，雍帝便懂了，讓大臣們開始議事。

李慕歌覺得自己像作賊一樣，躲在後面偷聽，大氣都不敢喘一聲。

前面的聲音很清晰地傳進來，但李慕歌聽了一會兒之後，腦袋一片空白。

她聽不懂。

朝臣們議事時，她無法分辨誰在說話，說的又是些她沒聽過的事，提到的人也不認識，甚至有些詞語，她根本沒聽過。

她愣了愣，只得匆匆提筆，如同前世做會議紀錄一般，先把內容記下來。

記了一個多時辰，李慕歌險些要把手寫斷了。

等大臣們告退時，雍帝才清了下嗓子。
「歌兒，出來吧。」
李慕歌拿著筆記，慢吞吞地走出來，滿臉鬱悶。
顧南野還留在養心殿，見到小姑娘的表情，以及她手上厚厚的一疊紙，不由樂了。
雍帝沒有立刻問李慕歌有沒有聽懂，也對她手上的東西感興趣，伸手道：「妳寫了什麼，給朕看看。」
李慕歌不太想給，但又藏不了，只得遞上前。
雍帝翻看一下，苦笑搖頭。「妳這個字啊，真如顧夫人所說，怎麼都教不好。」
李慕歌速記時，筆跡潦草，在雍帝眼中，只怕全是鬼畫符。
「我……我自己認得清寫什麼，回頭會重新整理一份的。」
雍帝知道她沒聽懂，也沒真的責備她，只道：「年前不會再有朝會了，今日只是讓妳感受一下。」又吩咐顧南野。「顧侯，帶歌兒熟悉政務的重任就交給你了，務必讓她在年後開朝之前，大致了解清楚。」
顧南野抱拳。「是，臣遵旨。」
快過年了，雍帝還有些後宮的事要和喻太后商議，便早早放走李慕歌跟顧南野了。

第五十六章

顧南野沒有出宮，而是拿出一副老師的樣子，和李慕歌一起回到體元殿，同她整理早上的紀錄。

他告訴李慕歌，依次是誰講了什麼事、說話的人身分如何、事情的癥結在哪裡、雍帝的想法又是如何等等。

李慕歌對照著自己的筆記，一一整理，先前聽不懂的事，漸漸理出了脈絡，不由十分佩服顧南野。

「侯爺，你一個字都沒記，卻記得住這麼多事啊？」

「每日考慮的都是這些，自然就記住了。」顧南野笑了下，指著她筆記上的一件事，問道：「向閣老建議皇上充盈後宮之事，妳怎麼想？」

方才趕著記錄時，李慕歌還懷疑自己聽錯了，剛剛再聽顧南野說一遍，才知道沒聽錯。快五十歲的皇帝老爹，又要納妃了！

「向閣老提議時，沒有人反對，父皇也說有些年沒選秀，想必是同意的。」

「妳的想法呢？」顧南野問。

李慕歌思索片刻，說：「如今有封號的妃嬪，雖有十多人，但沒有高位者。皇后和四妃之位空缺，後宮無人理事，總靠著太后，也不是長久之計，父皇想必是要找個能料理後宮的人吧。再則……」

她看看顧南野的神色，坐近了些，小聲道：「父皇對四位皇子不滿意，我又是公主，縱然想栽培我，讓我輔政，但到底不能繼承大統。或許，他還想再努力一下，看看能否有其他指望？」

五十歲，老來得子也是有可能的。

顧南野明白她指的是什麼，笑了一下。「前面說對了，不過後面的指望就不必想了。前世，皇上的確再度選秀納妃，但直到他駕崩，宮裡都沒有皇嗣誕生。」

顧南野這麼一提，李慕歌也想起來了。前世，白靈婷便是這時入宮為妃。

這一世，她依然也在差不多的時間入宮，但身分不同了。

李慕歌疑惑道：「侯爺，其實我還有一點想不通，為什麼是向閣老提議選秀？」向家已有向貴嬪和三皇子李佑翔，按理來說，不該主動替自己找競爭對手。

顧南野挑眉，驚訝於李慕歌的敏銳，點點頭。「妳想得不錯，向家的確另有打算，他們準備送向思敏入宮。」

李慕歌瞪圓了眼睛，喃喃道：「那豈不是亂了輩分？」

向思敏是向貴嬪嫡親的姪女，是三皇子的表妹。而且，向思敏曾跟大皇子訂過親，這也太尷尬了吧！

雖然李慕歌沒那麼了解雍朝的風土人情，但她記得很清楚，白靈婷正是因為不能跟她亂了輩分，而無法選秀，才對她有敵意。

顧南野無奈道：「這是皇上對向家的妥協。」

向家已經看出雍帝不中意李佑翔，打算棄車保帥，再送新人進宮。新政需要朝臣的支持，雍帝只能用聯姻來籠絡人心。

「姑姪共事一夫的事，雖不體面，但前朝先例很多，加之向思敏因不願與虯穹公主一同嫁給大皇子，決然退婚，皇上曾誇獎她有風骨。有這些事在前，禮部再想些明面上說得過去的說詞，也能應付。」

李慕歌覺得這世界真是奇幻，很多事情看似改變，但兜兜轉轉，還是回到原地。

原以為向思敏不當皇子妃了，便與向貴嬪之間沒有衝突，可現在她入了宮，只怕還是會成為向貴嬪的眼中釘。

若她無子嗣還好，向家可說是送向思敏進宮幫向貴嬪固寵；萬一有了子嗣，向貴嬪只怕不會看在向家的面子上，跟向思敏和平相處。

李慕歌想著，搖了搖頭。「向思敏的命運，也挺坎坷的。」

現在她看明白了，不管白家還是向家，大家閨秀生而富貴，卻也成了家族的棋子，萬般皆不由自己。

她情不自禁望向顧南野，如果沒有他的保護，不論白家還是皇家，只怕已經打算好怎麼利用她，哪裡還容得她決定自己要嫁誰、要做什麼？
發覺小姑娘柔情的目光，顧南野露出疑惑的神情。
李慕歌湊過去，摟住他的胳膊，把頭靠在他肩膀上，小聲說：「抱緊爸爸的大腿！」
顧南野更疑惑了。
雍朝稱呼父親的方式有好幾種，父親、爹爹是最常見的，但民間各地風俗不同，喊爸爸、爺、老漢的都有。
顧南野不知想到了什麼，耳根上浮現一抹暗紅。
李慕歌渾然不知顧南野的心理變化，頭在他肩膀上蹭來蹭去。
顧南野捏住她的下巴抬起，凝視著她，低聲問道：「妳喊我什麼？」
他的聲音低得可怕，裡面蘊含著危險的語調，眼中彷彿藏著火。
看著近在咫尺的俊容，想到方才一時順口說的話，李慕歌也臉紅了，不知該怎麼解釋。
「只是……只是開個玩笑。」
顧南野不聽，低聲追問。「怎麼喊的？再喊一次。」
李慕歌的下巴被顧南野捏在指尖，兩人靠得更緊，能感受到彼此的鼻息。
李慕歌垂下眼，不好意思說話。
顧南野催促道：「說話。」
李慕歌臉上如火燒一般，讓她正兒八經地喊，怎麼喊得出口嘛！

「侯爺，你好奇怪。」原來這人有特殊癖好！

顧南野低笑起來，輕輕在小姑娘嘴上啄了啄，怕惹惱了她，沒再逼問。

「若不肯喊這個，那喊另一個？」

李慕歌不懂，茫然地問：「哪個？」

總不至於要她喊「相公」、「夫君」吧？都還沒結婚呢，她才不改口！

顧南野引導著說：「妳在金陵時喊過的。」

之前喊過？

李慕歌左思右想，起初她是喊他將軍的，後來身分變了，便一直喊他侯爺。效忠他的部下，有人稱他主人，但李慕歌從未這樣叫過。

想來想去，她終於想到了，試探地問：「顧……哥哥？」

顧南野很受用，低頭向她索取了一個深切而綿長的吻。

李慕歌被吻得難以呼吸，好不容易喘口氣，埋怨道：「以前不讓我喊，還凶我……」

在金陵時，那是李慕歌第一次鼓起勇氣，想拉近她跟顧南野之間的距離才這樣喊，卻被他訓了一頓。

彼時顧南野已知道李慕歌的身分，但因為前世流言，對自己的身分存有質疑，這種稱呼，更容易讓他多想。

但現在這個稱呼意義不同了。

顧南野咬了咬她柔軟的唇瓣，低語道：「再喊。」

李慕歌不答應，哼了一聲，沒有喊。

顧南野雙手在她腰上用了些力，催促道：「喊不喊？」語氣中帶著一絲絲哀求和撒嬌。

李慕歌彷彿見識到顧南野嶄新的一面，又是震驚，又是心動，彷彿心尖都跟著顫了顫，柔聲開了口。

「哥哥……」

雖然春節休朝，但因有「皇帝口諭」，顧南野依然每日進宮教導李慕歌熟悉政務。

顧南野先把會上提及的事講解一遍，再讓李慕歌獨立思考解決之道。

李慕歌咬著毛筆桿，十分發愁。

工部請款修繕河堤，戶部開春播種要買種子，西北移民墾荒得安置，南洋軍造船需軍餉，禮部說大皇子大婚，銀錢不夠，還要再撥錢辦立春祭祀大典……一條條翻閱下來，都是要花錢的。

李慕歌嘆了口氣，忽然有點心疼自己的便宜老爹，皇帝真的不好做。

顧南野摸摸她的頭。「這就發愁了？」

雍帝日理萬機，全國每天發生的事不可計數，昨日的議事連冰山一角都算不上，且還不涉及任何勾心鬥角。

李慕歌也知道這個道理，並沒有抱怨，僅道：「國庫不是無底洞，還是得增加收入。」增加收入最簡單的法子就是增加賦稅，但苛政猛於虎，以她受過的教育，絕不允許她剝削百姓。

於是，她便將前世的絲綢之路、鄭和下西洋、改革開放、進出口貿易等歷史翻出來，跟顧南野討論。

「……我不知雍朝附近國情如何，他們盛產什麼、缺少什麼，但互通商貿，肯定是可行之道，或許可以挑幾個地方先試試。」

顧南野點頭，顧家有遠行的商隊，對這些比較清楚。

「方才妳說得不錯，趁著大皇子要娶虯穹公主，可以先在西北設立一個商市，相關細節妳不用操心，讓戶部去想。等年後開朝，妳便把這個主意告訴皇上。」

「我……我去說嗎？」李慕歌有點忐忑，她並不想出這種風頭，槍會打出頭鳥的。

顧南野似是懂她的心聲，道：「大皇子不會反對的，他娶虯穹公主本是敗筆，若能藉虯穹公主打通對西北諸國的商貿，反而是立功，朝堂上不會再拿敵國皇妃的事攻訐他。戶部裡的人多是大皇子黨，必在此事上盡心盡力。」

李慕歌眼睛一亮，不由更佩服顧南野。他非常懂得審時度勢及知人善用，知道什麼時候找什麼人做什麼事，會事半功倍。

「難怪父皇一直力挺你，要你參與內閣議事。侯爺不僅打仗厲害，處理政務也厲害！」

有了基礎，顧南野放心多了。
他從馬廄裡牽了一匹馬出來，騎上後，帶著李慕歌慢慢跑。
兩人跑了幾圈，又有個人進馬場，是三皇子李佑翔。
李佑翔才十多歲，不過用了特製馬鐙，已能騎高大的成年馬。
他發現了李慕歌，驚訝地策馬上前。「三皇姊，妳也騎馬？」
這半年，李慕歌時常去長春宮與向貴嬪商量後宮內務，和李佑翔還算熟悉，知道向貴嬪不喜歡他騎馬打仗、舞刀弄劍，一心想把兒子培養成謙謙君子，但李佑翔完全不配合。
李慕歌勒馬停下。「你母妃不是不讓你騎馬嗎？怎麼又溜來了？」
李佑翔道：「今兒個北五所提前放假，我就來跑兩圈。三皇姊一定要幫我保密，不然我得腫著屁股過年了。」
李慕歌不由笑了。「那你當心些，向貴嬪也是怕你摔了。」
「知道了。」李佑翔應下，有點犯怵地偷瞄一直未說話的顧南野一眼，匆匆策馬跑了。
李慕歌見顧南野神色不豫，連對皇子的禮數都沒有做足，便問：「三皇弟不愛讀書，但本性不壞，你為什麼對他有成見呀？」
顧南野欲言又止，猶豫片刻才說：「今日先到這裡吧。吹多了冷風，小心生病。」
李慕歌若有所思地看看他，又轉頭看看在馬場上馳騁的李佑翔，不禁開始為這孩子的未來擔心。

臘月廿八下午，大皇子李佑顯接回二皇子李佑斐，趕上晚上的家宴。雍帝、喻太后、妃嬪、皇子、公主悉數參加，連出嫁的大公主李慕縵也進宮了，只有嫁到開封的二公主李慕莉沒回來。

筵席上，雍帝下詔，封大皇子李佑顯為「慶王」。雍朝皇子大婚前，接受封爵並出宮建府是一般的規矩，眾人並沒有太驚訝，紛紛恭喜李佑顯。

但李佑顯接旨之後，表情卻有些不快。他去天津接人之前，禮部已在商議他的王爵封號，他希望能爭取到「仁」、「賢」、「惠」、「德」這樣的封號，並去不少大臣那裡走動，希望能說服雍帝。孰料，最後只落了個「慶」字，中規中矩，對他沒有任何褒獎的封號。

封賞完李佑顯，雍帝又下了一道旨，封二皇子李佑斐為「憫王」，並賜雲南永昌、永寧二府為封地，開春即可前往。

李慕歌看向對面的李佑斐，十四、五歲的少年，比去年瘦了不少，個子也不見長高，神情更是畏懼，跪下領旨時，還不停咳嗽，站起來得靠人扶一把，全然沒了以往在左婕妤身邊時的恣意模樣。

她無聲嘆息，有些不忍。

不管左婕妤做了多少惡，孩子到底是無辜的。

李佑斐的封賞其實更像是一道流放令，但對他來說算是好事。獨立建府後，他就有自己的食邑、家臣，比被丟在天津行宮裡有保障多了。

雍帝到底仁慈，不想看著李佑斐小小年紀便客死他鄉。

封完兩位皇子，大家紛紛道賀，但兩位新王都沒有表現得太過開心。

接著，李慕歌也在大公主李慕縵的帶領下，隨眾姊妹去向他們賀喜。

李慕縵年紀與李佑顯相仿，比其他皇子、公主大了六、七歲，以前是看著李佑斐長大的，如今見他年紀輕輕卻只剩一副病軀，十分心疼。

「冷酒傷身，二弟保重身體，就不要飲了吧。」

李佑斐苦笑。「大皇姊，我這身體病習慣了，沒什麼要緊。好久沒有見到兄弟姊妹們，今日這麼熱鬧，這杯祝酒肯定要喝的。」

他仰頭飲盡，剛吞到一半，就連連咳嗽。

李慕縵忙遞上手帕，替李佑斐擦拭。

「如今回宮，就該把身體養好。我認識一位醫術極佳的大夫，改明兒召進宮來，請他替你看看。治好了病，才好啟程去封地，開始新生活。」

李佑斐感激地望向她，但很快便聽到李佑顯說：「大皇姊不必這麼麻煩，難道太醫院養的是一群廢物，連宮外的大夫都不如？」

李慕縵神色不變，淡淡地說：「慶王差事繁忙，照顧弟妹的事，就不必讓你費神了。三皇妹。」

李慕歌突然被點名，立刻回神。「大皇姊有何事？」

李慕縵說：「我府上大夫進宮的事，有勞妳安排一下了。」

「啊，好。」李慕歌莫名被安排差事，還未來得及細想，便接了下來。

見兩位兄姊之間有些劍拔弩張，其他人都未說話。

李慕縵留在李佑斐身邊，告訴他以後去封地該怎麼安排諸事。

李慕歌則先回到自己的席位上。

待李慕歌坐定，李慕妍靠近她，緩緩說：「三姊姊，大夫進宮的事，妳可得仔細安排，不能出岔子。」

平時李慕妍話少，但心思很玲瓏，彷彿什麼都能看透一樣。

這會兒，李慕歌也看出問題來了。

李佑斐的病，在天津拖了許久都治不好，要麼是治病的人不用心，要麼是他怕被害，不肯醫治。

從方才的對話，可見李慕縵和李佑斐都提防著李佑顯，不願意他插手，才把大夫進宮的事交給李慕歌。

如果李佑顯執意要在李佑斐的藥裡動手腳，李慕歌就要揹黑鍋了。

李慕歌捏捏李慕妍的手。「謝謝六妹妹提醒，我會仔細的。」

第五十七章

一頓家宴吃得並不愉快。

回到體元殿後，李慕歌便仔細吩咐環環。

「等柱國公府請的大夫進宮，妳便隨身照應，務必寫下大夫開的方子、誰抓藥、誰煎藥，都要記清楚。同樣的藥抓兩份，留一份保存著，藥渣也留下來。煎好之後，妳親自送去給憫王，不可假他人之手。」

環環對預防下毒這種事頗有心得，當初李慕歌進京中毒，以及上次馬場毒茶事件後，顧南野對這方面要求極嚴格，哪些地方該注意，環環都有經驗。

安排完這些事，李慕歌仍然有些不安。

她和李佑斐之間的恩怨，也是理不清。

左婕妤的失勢、左段兩家的傾覆，跟她都有直接關聯，李佑斐心裡，必是記恨她的。

李慕纔把李佑斐交給她照顧，不知是真的信任她，還是在試探她……

這樣想的，並不僅李慕歌一人，李佑顯也是這樣想的。

第二日一早，他和李慕歌在喻太后的慈寧宮相遇時，便特地跟她一塊兒離開，在路上單獨說起話來。

「……大皇姊未免太小人之心，才處處提防著我。憫王現在這樣的情況，於我能有什麼威脅？沒有人要害他，是他為了回宮，故意折騰自己。」

因李佑顯與白家聯姻，倒是對李慕歌說了幾句真心話。

這些話，李慕歌是相信的，畢竟李佑顯馬上要大婚，不會在這種時候冒險。

「天津行宮的人說，數九寒天，憫王在雪地裡一坐就是一夜，病倒了還不肯喝藥。」

這是故意裝可憐，絕地求生。

李慕歌點頭。「我懂了，謝謝你。」

李佑顯一笑。「先前我有些對不住三妹的地方，這次權當向妳賠罪。以後，咱們兄妹還是要互相扶持的。」

李慕歌笑著點頭，沒有多說。

環環貼身照料李佑斐兩天，盯著他喝藥，不許他受涼，李佑斐的病總算好轉。

年三十守夜時，李佑斐的精神看起來好了不少，一直陪著雍帝，在太極殿坐到子時才回去歇息。

不湊巧的是，他在回北五所的路上，狠狠摔了一跤，折了腿。

李慕歌得到消息時，剛剛躺上床，不得不又起身穿衣，前去探望。

李慕歌裹著厚重的紅斗篷，問前來報信的馮虎。「確定是自己滑倒的嗎？」

馮虎點頭。「是，憫王身邊服侍的人說是路過琉慶宮時，一時走神，沒有留意腳下，才摔跤的。」

李慕歌皺眉，琉慶宮外的地磚該重新鋪了，李慕貞在這裡摔跤，李佑斐也摔，哪裡就這麼滑了？

李慕歌趕到北五所時，太醫院的何太醫已經到了，但是李佑斐不肯讓他治傷，疼出一腦門的汗，坐在床上與眾人僵持著。

李慕歌上前勸說。「三弟，你要趕緊讓太醫看看，若耽誤治療，只怕腿會出大問題的。」

李佑斐忍痛道：「麻煩三姊姊請鍾大夫進宮。」鍾大夫是李慕縵舉薦的宮外大夫。

李慕歌說：「鍾大夫回家過年，此時去宣，最快也得兩個時辰才能進宮。何太醫是太醫院醫正，醫術了得，你讓他瞧瞧吧。」

李佑斐不肯，堅持道：「我等得起。」

何太醫也是有心氣的，見自己被人這樣防備和嫌棄，遂將藥箱一收，坐到隔壁喝茶休息去了。

李慕歌沒辦法，只得趕緊派馮虎出宮去請鍾大夫。

北五所的寢殿裡，點著兩盞昏黃油燈，李慕歌舉起其中一盞，坐到床邊的椅子上，吩咐伺候的小太監。

「掀開被子，我瞧瞧憫王的傷勢。」

小太監依言掀開被子和棉袍，李佑斐的褲腳已經被剪刀剪開，看得出右小腿骨骨折，戳得皮肉都變形了。

李慕歌瞧不得這些，焦急地說：「都傷成這樣，你怎麼還這般任性？我在這裡守著，有誰敢動什麼手腳？」回頭喊環環。「去把何太醫請回來。」

環環應聲而去。

李慕歌又睏又累，明早還得去慈寧宮陪喻太后接受命婦恭賀，現在只想快點把李佑斐的傷勢處理好。

李佑斐見狀，吩咐小太監。「去給三公主端杯熱茶來。」

小太監領命，出了寢殿。

此時，殿裡只剩下李慕歌和李佑斐。

李慕歌尋思著，是不是乘機跟李佑斐聊一聊，化解彼此間的心結？

「三弟……」

她抬頭，剛要說話，便見李佑斐的身子往她撲來，反應不及，連人帶椅後仰摔倒，被李佑斐壓在地上。

李佑斐舉起一把金光閃閃的剪刀，死咬著牙，面色通紅，神情扭曲，大叫著狠狠刺向李慕歌。

李慕歌的肩頸上傳來一陣疼痛，她使出渾身力氣，藉著身下椅子的高低之勢，向旁邊滾去，把李佑斐從側面推出去。

她手腳並用，喘著粗氣爬起來，捂著脖子上的傷，朝門口跑去。

李佑斐一擊不成，腳上有傷爬不起來，只得絕望地擲出剪刀，對李慕歌大喊：「我要殺了妳！」

剪刀砸中李慕歌，掉落在地。

李慕歌拉開門，踉蹌著跑出去，與請何太醫回來的環環撞在一起。

「公主，這是怎麼回事?!」環環望著她衣領上的血，整個人都慌了。

李慕歌回頭去看寢殿，說：「李佑斐瘋了，他要殺我！」

何太醫急忙領著李慕歌去隔壁房處理傷勢，環環滿臉憤怒地衝進寢殿。

不久後，宮裡的各處宮燈依次被點亮，京軍衛踏著整齊劃一的步伐，將北五所團團包圍起來。

李慕歌的傷勢說重不重，沒有性命之虞，但說輕也不輕，剪刀擦著脖子側面斜刺下去，拉出好長的傷口，幸而隔著冬天的厚衣服，傷口不深，但流了不少血。

此事驚動了雍帝，李慕歌剛被送回體元殿，他就趕了過來。

看見女兒脖子上的傷，雍帝氣得面色鐵青，悶聲道：「是朕不該心軟！」

李慕歌不知道該說什麼才好，她不希望看到父子相殘，但李佑斐這麼恨她，的確是個大隱患。

早晨，宮門剛打開的那一刻，顧南野也趕進宮裡。

他裹著寒風奔到體元殿，面色陰沈，小心打量著李慕歌的傷勢。

李慕歌夜裡沒睡，直到早上才喝藥睡下。

眼下，她呼吸平緩，看起來沒有太大問題，才讓顧南野情緒稍緩。

他退出寢殿，仔細盤問環環昨夜的情況。

聽完之後，顧南野非常自責。

在雍帝心軟要接李佑斐回宮時，他便擔心李佑斐會報復李慕歌。

但雍帝說會儘快把李佑斐送去封地，而且段左兩家的餘黨已被清理乾淨，料想李佑斐沒有爪牙，想做什麼也做不了。

可他們怎麼也沒想到，李佑斐會以自己為餌，親自動手，不惜與李慕歌拚個同歸於盡！

顧南野正自責著，宮女傳話，說大公主李慕縵來看望李慕歌。

顧南野直接做主，道：「不見！」

李佑斐能有機會接近李慕歌，全是因李慕縵，顧南野難免有所遷怒。

早上李慕縵進宮拜年，從喻太后那裡聽說李佑斐刺傷李慕歌的事，希望能跟李慕歌談一談，一方面是讓李慕歌不要誤會她；再者，若有可能，想求情替李佑斐留一條活路。

聽聞李慕歌喝藥歇下，不便待客，李慕纔只得嘆口氣，轉身離去。

李慕歌一覺醒來，感覺昏昏沈沈，許是藥效過了，脖子上的傷口開始疼。

她剛輕輕哼了一聲，屋內便傳來急促的腳步聲，顧南野飛快趕到床邊，俯身過去。

「醒了？感覺怎麼樣？」

李慕歌看到他，心頭浮起一陣後怕和委屈，昨夜一滴眼淚都沒掉，此刻忽然紅了眼眶。

「侯爺，我差點見不到你了……」

聽著小姑娘的哭腔，顧南野握住她的手，心疼道：「是我不好。」

「不是。」李慕歌不怪他，也怪不著他，不希望他把事情全歸咎到自己身上。「侯爺，我想坐起來。」

她的脖子不能使力，顧南野扶著她的後背，讓她在床上靠好。

顧南野的眼睛一直盯著她的脖子，但那裡裹了厚厚的紗布，看不清傷勢如何，讓他十分揪心。

看到顧南野的眼神變得深沈，嘴角繃成一條線，又不說話，李慕歌便知他動了氣。

李慕歌不想讓他擔憂，安慰道：「其實沒有多大的事，就是擦破了皮。大過年的，侯爺別為此事動怒，我靜養幾天就好了。」

顧南野才不信她的鬼話，早上他看見那件換下來的、被血染紅的襖子，肩頭紅了一大片，可不是普通的皮外傷。

見他依舊不說話，李慕歌只好轉開話頭，道：「我現在這副樣子，不好去向長輩拜年，你出宮後，替我跟夫人解釋一下。記得別說我受傷的事，免得她擔心。」

顧南野這才開口：「妳還操心拜年的事？來探望妳的人，我讓環環全擋下了，妳安心歇著，哪裡也不許去。」

李慕歌問：「父皇對外怎麼說的？」

姊弟相殘是皇家醜事，雍帝再生氣，也得遮掩。

顧南野不愉快地說：「說妳染上風寒病倒了，需要靜養。李佑斐本就摔斷了腿，也不必替他編理由了。現在他被囚禁在北五所，待開年，就把他移到長街巷去。」

長街巷是京城內圈禁宗親貴族的幽巷，早年曾有王爺在那裡被圈禁至死，但自雍帝以來，那裡一直空著，沒想到又要啟用。

李慕歌問：「這是父皇的意思？」

顧南野點頭。「若按我的意思，必取他性命。」

「好啦，大過年的，侯爺不要喊打喊殺了。」李慕歌柔聲勸著。「雖然李佑斐該死，但於父皇、於我來說，逼死兒子或弟弟，都不是一件光彩的事，就這樣處理吧。」

顧南野自然懂這個道理，所以聽說雍帝的意思之後，並沒有反駁。

大年初一，宮裡進出的人很多，雖然雍帝有意隱瞞昨夜的事，但多的是耳聰目明的人，此事在私底下傳開了。

傳得多了，事情便走了樣。

流傳最廣的版本是，太玄公主為母報仇，害死左婕妤，李佑斐也是為母報仇，才親手刺殺太玄公主。

雍帝對心狠手辣的皇子跟公主十分生氣，打算一起圈禁，所以太玄公主這麼久沒有露面，還不許人探望。

環環將打聽來的流言說給李慕歌聽，憤憤地說：「左婕妤明明是慶王害死的，卻讓您揹這個黑鍋，實在太冤枉了。」

李慕歌倒不是太在意。「旁人怎麼說沒關係，父皇、皇祖母心裡清楚就行。」就算李佑斐不動手，按照她和左婕妤的關係，也必會走到你死我活這一步。

環環依然不平。「當初別人說侯爺一點不是，您就讓表少爺四處奔走，為侯爺正名。如今事情發生在您自個兒身上，您怎麼就不在乎呢？」

李慕歌耐心道：「這不一樣，後宮的流言蜚語，士林的人有何發言權？讓他們去幫我正名，他們也說不出個一二三來。而且，侯爺受了那麼多流言蜚語都無所謂，我這才一點點事，怎麼就受不住了？」

「那您便這麼默認了？」環環問。

李慕歌說：「等過些日子，我的傷好了，自然會露面，謠言就不攻自破了。」

正月十五，開年大朝會上，雍帝正式下旨，削了李佑斐的爵位，剝奪封地，以他患了瘋病為由，送去京城的長街巷圈禁起來。

而李慕歌為了打破被圈禁的流言，上元節晚宴時，準時赴宴，出現在眾人的目光中。

晚宴上，眾人本在議論李佑斐被圈禁的事，看到李慕歌來了，議論聲頓時小了不少。

李慕縵好不容易見到李慕歌，立即上前引她入席坐下，並關切地問起她的傷勢。

李慕歌神情緩和，一一回答，並不見什麼不快的神色。

李慕縵見狀，這才鬆了口氣。「這半個月，三妹不肯見我，我還當妳惱了我。當初我讓妳照顧二皇弟，是真的不知道他對妳有誤會。」

李慕歌笑著說：「誰都想不到二弟會做出這樣的事。我受傷跟妳沒關係，又怎麼會遷怒呢？實在是我傷的地方不方便。實不相瞞，之前半個月，我沒洗頭，沒辦法見人啊。」

李慕縵掩嘴笑出來。「妳這丫頭，可急死我了。外面有人傳妳被割喉，性命垂危，我心裡七上八下的，哪裡知道妳是為這個原因不見客。」

李慕歌意有所指地說：「外面傳言能有幾分是真？當玩笑聽聽罷了。」

李慕縵明白了，應和道：「是，都是些胡編亂造的。」

白靈婷是準王妃，也受邀赴宴，正與李佑顯在一旁說話。見李慕歌到場，便跟李佑顯一起過來看李慕歌。

不一會兒，李慕歌周圍便被圍了個水洩不通。

喻太后和雍帝一起進宴廳時，看到這副情景，喻太后笑著說：「沒想到，太玄這孩子這麼招兄弟姊妹們喜歡。」

雍帝神情欣慰。「孩子們這般和睦的樣子，已經有些年沒看到過了。」

喻太后乘機道：「你若肯早日定下儲君，自然免了先前的無端算計，後宮安然無事。」

雍帝沒有接話，走到正位坐下，絲竹聲應聲響起，將喻太后想說而未說的話，全遮蓋了下去。

李慕歌露面不久，便以養病為由退席。因為從明早開始，她就要正式去養心殿「屏後學政」。

雍帝還道，明早要考校她功課，她得回去準備準備了。

開年後，李慕歌就忙得不可開交。

她不僅要學習政務，還要打理喻太后交代的後宮之事。

上元節過後，便是二月初的春日祭，再來是花朝節，接著二月十六日是白淵回和謝知音的大喜之日。

春日祭有禮部主理，李慕歌的擔子並不重，花朝節也有向貴嬪和熙嬪幫忙，所以她把心思放在白淵回和謝知音的婚禮上。

李慕歌出面，替這對新人邀請不少皇親國戚出席婚宴，甚至請來長公主李慕縵當全福人。李佑顯是白家未來的姑爺，也十分給面子地親自過去。

有這些貴客，白淵回和謝知音在白家族人前賺足面子，也在京城引起不小的轟動。

李慕歌看著謝知音一身鳳冠霞帔地嫁人，滿臉羨慕，臉上的笑跟院裡的爆竹聲一樣，一直沒有停過。

觀完禮，顧南野把她從擁擠的賓客中拎出來，早早送她回宮休息了。

第五十八章

回宮路上，李慕歌有些意猶未盡。

「筵席結束，不是還有鬧洞房嗎？幹麼這麼早就要我走？」

顧南野詫異地問：「妳還想鬧洞房？」

他的神情太過驚訝，讓李慕歌覺得不對勁，猶豫著問：「不行嗎？」

顧南野揉揉她的頭髮。「那是男人的事，妳一個姑娘，湊什麼熱鬧？」

李慕歌紅了臉，底氣不足地問：「姑娘怎麼就不行了？」心裡嘀咕，難道雍朝鬧洞房玩得非常大？

她很好奇，又不好意思直接問，便道：「我是擔心知音姊姊面子薄，禁不起玩笑。你們到底會怎麼鬧洞房呀？」

顧南野愣了一下，繼而悟出點什麼，忍著笑問：「妳以為會怎麼鬧？」

「就是……」李慕歌的臉紅到耳朵。「大概就是逼著新人，在大家面前親親抱抱吧。」

她不知道是不是這樣，但想到雍朝應該不至於太開放，這些行為對於讀書人來說，已經很過分了。

顧南野笑出聲，低低道：「看來我偷偷親妳，妳還不滿意，想要我在人前親妳？」

李慕歌急了，忙道：「不是，我是在說鬧洞房，又不是咱們……」

顧南野繼續逗她。「以後咱們大婚也會鬧洞房，妳若想讓大家看著我親妳，也不是不行，就是便宜他們了。」

「我沒說想這樣！」李慕歌急得爬上顧南野的腿，去捂他的嘴。

顧南野順勢抱著她坐好，捉住她的雙手。「沒想到咱們家殿下喜歡這樣啊。」

「不是！」

見李慕歌急紅了眼，顧南野啄了下她氣得嘟起的嘴，笑著解釋。「鬧洞房是為了驅邪避災，新郎要在新房內射箭舞刀，點上長明燈。」

一砍妖，二砍怪，三砍魔鬼壞腦袋，四砍喪神快離開，笑看麒麟送子來。

顧南野仔細跟她說著雍朝的洞房習俗，跟李慕歌想的完全不一樣。

了解清楚後，李慕歌覺得更丟人了。正經的事，全被她想歪了。

她害羞地把頭埋進顧南野懷裡，嘀咕道：「我不知道嘛。」

顧南野順著她的話說：「嗯，等我娶妳，妳就知道了。」

李慕歌甜甜一笑，靠在顧南野懷裡休息。

顧南野問她。「看妳忙進忙出一整天，是不是累了？」

李慕歌搖頭。「開心，不覺得累。」

「別人成婚，妳這麼開心？費這麼大勁兒做什麼？」

李慕歌回憶著說：「看到神仙眷侶一樣的新人會開心；看到喜慶隆重的花轎會開心；看到滿滿當當的彩禮、嫁妝會開心；看著華貴漂亮的鳳冠霞帔，也會開心！」

顧南野輕輕擁著小姑娘，耳中聽著她毫不掩飾的羡慕之語，腦海中回想著她今日興奮開心的模樣。

今天一整天，她一直守著新娘子，眼神不肯挪開一下，這是該有多羡慕？

顧南野收了收手臂，低聲說：「別人有的，我的小姑娘都會有。」

李慕歌沒料到他會說這種話，先是一愣，而後重重點頭。「嗯！」心中的幸福感油然升起，緊緊回抱住顧南野。

兩人在馬車裡膩了一會兒，顧南野送她到宮門前，有些不捨。

雖然他們常在養心殿相聚，但李慕歌都是躲在屏風後面的。

李慕歌偶爾能聽見顧南野的聲音，但顧南野既見不到人，又聽不到聲音，好幾次找藉口想單獨留下跟雍帝議事，可雍帝似沒察覺他意圖般，不叫李慕歌露面。

所以，算一算，他們已經好些日子沒獨處過了。

李慕歌拉著顧南野的手，也不想下馬車。「最近我好忙呀，忙完這場婚事，後面又要忙父皇的選秀，真是一個頭兩個大。」

對於選秀，李慕歌完全沒有任何經驗。

她身為公主，本也不適合主理這種事，但向貴嬪因為向家要送向思敏進宮選秀的事，佯裝氣病了，不肯接手，喻太后便要李慕歌來安排。

顧南野忽然有點後悔，不該讓雍帝和喻太后這麼信任她，搞得李慕歌這麼累。

「一應雜務自有戶部和內務府去操心，皇上要留哪些人，也早有了底，妳跟著他們走走過場就行。而且，要學著知人善用，不必事事親力親為。」

李慕歌點頭記下，又猶豫一會兒，終究是跟顧南野告別，回了宮。

大概是宮鬥小說看多了，縱使顧南野說過要差使別人去做，但李慕歌不敢完全撒開手，生怕出了什麼人命關天的事。

全國各處上報戶部的選秀女子共二百六十八人，由內務府篩選兩輪後，剩下四十人，最終由雍帝親自殿選。

殿選的日子訂在二月二十六日，李慕歌請太后和熙嬪一同陪雍帝挑人。

雍帝提前拿了名冊，勾了幾位重要大臣家的姑娘後，對李慕歌說：「其他的，妳們商量著辦吧。」

「父皇，您連面也不露，秀女們會很失望的。」李慕歌捧著名冊，為難地說。

雍帝並不在意。「難道朕還要哄她們高興？」

李慕歌沒見過娶媳婦這麼不上心的，卻也只得依照皇命去辦。

李慕歌孤身前往儲秀宮，喻太后見狀，就知道雍帝不會來了。

自雍帝登基後的幾次選秀，他一直都是這般行事。

喻太后說：「時辰不早，那便開始吧。」

其實經過戶部和內務府篩選後，能留下的四十名秀女都是容貌上佳、身世清白的大戶人家姑娘，李慕歌沒什麼可問的，便只按照雍帝的意思，把他要留的人留下。

喻太后另外挑了幾個看得順眼的，熙嬪不敢擅作主張，全然聽從喻太后的意見。

最後留下八人，其中六人是雍帝欽點的，兩人是喻太后留下的，安置在儲秀宮，品級都是良人，在接受為期一個月的教導後，可以開始侍寢。至於之後能否受封晉升，就看各自的造化了。

李慕錦聽到消息後，因她跟向思敏私交不錯，便來找李慕歌，說是想去看看向思敏。

李慕歌想起，向思敏在選秀時見到她，羞得連頭都不敢抬，便叮囑李慕錦。

「妳去看看她也好，不過她現在是父皇的妃嬪，不能再稱她姊姊了，要喊她『向良人』，莫害她被人取笑。她可能會羞於見妳，妳且開導開導她吧，以後咱們在宮裡，可是抬頭不見低頭見的。」

李慕錦點頭。「知道，我正是為這件事去找她呢。」

李慕錦去了片刻，很快折返，有些不安地說：「我沒找到人，儲秀宮的宮人說，向良人被向貴嬪的人喚走了。」

向貴嬪還是老脾氣，真是一刻也忍不住。

李慕歌有些頭疼，不知道該不該管這閒事？

就算她救得了向思敏一次，也不能明擺著為她跟向貴嬪反目。再者，向家把向思敏送進來，便該料到有這樣的情況。

她思來想去，對李慕錦說：「我們先看看吧，說不定她們姑姪有什麼話要說，貿然打擾也不好。」

「嗯。」

李慕錦找不到向思敏，沒事可做，便待在體元殿跟李慕歌閒話。

「三姊姊，最近妳好忙啊，我來找妳，十次有八次都見不到人。」

李慕歌無奈。「是啊，我巴不得多選幾個主位娘娘打理後宮事務，也好救救我。我這才忙完選秀，馬上就要辦大皇兄的大婚，皇祖母今天還跟我說，要準備清明祭祖的事了。」

李慕錦替她頭疼。「太能幹了也不好。不過，妳生辰打算怎麼過？到現在都沒安排，是不準備辦及笄禮了嗎？」

對了，快到她十五歲的生日了。

李慕歌的生日是三月十八，李佑顯的大婚是三月十六，她忙得忘了，其他人顯然也不記得了。

女孩子到了十五歲，便能辦及笄禮，表示長成，可以嫁人了。

但也有很多人將及笄禮延後，喻太后和雍帝都沒跟她提及笄禮的事，便說明他們沒打算在今年把她嫁出去。

李慕歌想到這件事，有點鬱悶，尤其看了白淵回和謝知音的婚禮後，她極想為顧南野穿上大紅嫁衣。

李慕錦以為李慕歌是因為被忽視而感到失落，連忙勸道：「今年的日子跟大皇兄的婚期相碰，不適合辦及笄禮，明年辦更好些。」

李慕歌無奈笑笑，沒有接話。

這年春天，京城的幾場婚禮，一場比一場隆重。

慶王大婚的筵席，從大婚之日頭一天開始擺，足足熱鬧了三日。

迎親那日，娶親隊伍自慶王府出發去白府，接了新娘子進宮，在皇極殿完成典禮，再巡城一周，最後回到慶王府辦喜宴。

皇家的喜糖和紅紙散了一路，舉城皆歡。

白靈婷乘著王妃的八抬大轎被抬進慶王府，跟在她轎子後面的，是一頂紅色的四人小轎，側妃朵丹也一起進了慶王府。

同一天完婚的側妃並無儀式，只能坐在洞房裡，等新郎來掀蓋頭。

這一晚，朵丹直坐到天亮，也沒有等來李佑顯。

她神情漠然地掀開蓋頭，吩咐丫鬟打來熱水，自行梳洗睡下。

丫鬟委屈得要掉眼淚，朵丹反而笑了。「我並不愛他，有什麼好傷心的？永遠不要忘了我們的目的。」

丫鬟傷心地跪下。「是，蚪穹萬民將永遠銘記公主的奉獻。」

大婚翌日，李佑顯帶著正妃和側妃進宮請安。

白靈婷穿著大紅的王妃禮服，面色紅潤，神色自得，非常開心地拜見喻太后與雍帝，又準備豐厚的紅包給宮中的小姑、小叔們。

李慕歌接過她的厚紅包，笑道：「謝謝嫂嫂。」

白靈婷得意道：「這聲嫂嫂，可比表姊好聽多了。」又拿出另一個盒子，說：「這是我和慶王送妳的生日禮物。明日我要回門，不能進宮幫妳慶生了。」

李慕歌十分意外，沒想到白靈婷如今對她這麼上心，忙著大婚時，還記得她的生日。

這回，她真誠地道謝，歡喜收下了禮物。

第二天，是李慕歌的生辰。

宮裡按照例行規矩，早膳時賞了壽麵、壽酒和壽禮，雍帝還特地放她一天假。壽麵是在慈寧宮吃的，雍帝也來作陪。

待雍帝離開後，喻太后臉色沈了沈，緩緩說道：「歌兒，今日一過，妳便滿十五歲了。當年，妳母親就是十五歲進宮，嫁給皇上的。」

李慕歌放下筷子，以為喻太后想商量她的婚事。

孰料，喻太后下一句卻問：「皇上說，今日放妳一天假。怎麼，如今他還日日檢查妳的功課？」

李慕歌暗驚，心裡大呼不妙，屏後學政的事要露餡了。

其實，喻太后心中早有疑惑。

近幾個月，她交代不少後宮之事給李慕歌辦，但不管事情有多少，她都集中在下午做，上午從不做事。

有的時候，管事公公或主事姑姑遇到急事要找她，還找不到人，幾次告到喻太后面前，李慕歌也只是解釋，說手中仍有白家先生布置的課業，上午唸書，下午做事是替自己訂的規矩，不能打破。

之前喻太后只覺得她太好學，雖是好事，卻也有些奇怪。但沒弄清楚之前，不好說什麼。

但今日聽雍帝說，放她一天假，不檢查她功課，喻太后便覺得有些不痛快。

雍帝連皇子的功課都不管，為什麼獨獨管李慕歌的功課？

不過，喻太后這種不快沒有太強烈，畢竟李慕歌只是個公主，比不得皇子。

李慕歌見狀，趕緊解釋。「父皇總說我字寫得差，文章也寫不好，連像樣的話都說不出。想讓我更知書達禮些，好幫您分擔更多後宮之事。」

喻太后點點頭，這段日子下來，李慕歌在管帳管物、差遣用人上做得很不錯，但要她代筆擬個懿旨封賞秀女，她卻擬不出，功底到底是差了點。

從慈寧宮出來後，李慕歌暗暗鬆了口氣，

如今她在宮裡的根基尚不穩，一點也不想得罪喻太后，更不想被李佑顯視為眼中釘。

回到體元殿時，白淵回已經在等她了。

白淵回一早進宮，代表白家來恭賀李慕歌的生辰。

之前他忙著準備自己的婚事，以及白靈婷的出嫁，李慕歌也在忙宮裡的事，兩人很久沒有坐下好好說話。

今日李慕歌有空，便問起白家的近況，心裡盤算著，白淵回外有白靈婷這個王妃妹妹支持，內有謝知音這個賢內助，也該努力做出點成果了。

她斟酌著道：「你和知音姊姊成親一月，我卻抽不出空去瞧瞧。她在府裡還習慣嗎？」

白淵回笑著說：「知音孝敬公婆、善待姑姪，家裡人都很喜歡她。」

李慕歌又問：「外祖母也喜歡嗎？」

白淵回面色一僵，猶豫一下，道：「如今是三叔一家在祖母跟前伺候，我們不必常去問安，倒也相安無事。」

李慕歌沒有多問三房的事，轉開話頭。「戶部正在推行《田林法》，父皇欽定燕北先行，任命慶王為特使，不日就要北上。這一舉措，既是削藩，又是收地，燕北王必不會聽命於慶王，到時候白家是何立場？你們和外祖母還會相安無事嗎？」

李慕歌日日學政，對這些事越發清楚。

之前白淵回從顧南野和謝家那裡了解過一些，但沒料到推行得這麼快，更沒料到雍帝會派慶王親自出馬。

李慕歌沒等他表態，直接道：「對於燕北的事，慶王態度堅決，大概覺得處理妥當了，便能拿下太子之位。朵丹甚至獻上虬穹王令給慶王，允許慶王在緊要關頭調動虬穹騎兵，在燕北邊境助陣。朵丹尚做到這一步，你可不要讓慶王妃難做。」

白淵回嚇了一跳，沒料到朵丹竟然支持慶王到如此地步。

「公主放心，婷妹妹已嫁給慶王，謝家大舅爺在戶部執政，我母親又與陶王妃出自同族，不管怎麼說，我都該多出些力。」

李慕歌說：「攘外必先安內，你想得再好，若是禍起蕭牆，也能讓你防不勝防。既然外祖母如此喜歡三房，便讓他們一道回西陽老家吧，省得她在京城指手畫腳。」

白淵回點頭。「我明白了，我儘快安排。」

李慕歌見他答應得這般乾脆，倒有些不放心。「你有幾分把握？若有我幫得上忙的，只管同我說。」

白淵回哂然一笑。

「公主和侯爺已經幫我良多，若我連齊家的本事都沒有，怎麼輔佐皇上平天下？成與不成，都先讓我試試吧。」

李慕歌怕白淵回因為她的話，把事情做過頭，提醒道：「只需把外祖母送回老家即可。到底是一家人，注意些分寸，還是要遵紀守法的。」

白淵回失笑，應道：「是，定然遵紀守法。」

平日白淵回在顧南野和李慕歌面前十分老實本分，但當初他能不顧家中反對，做了錦衣衛，又在朝中歷練多年，沒幾分本事，也是做不到的。

平日錦衣衛替皇家調查官員的陰私，處理大理寺和刑部辦不了的棘手差事。

李慕歌心想，他手上應該也有一些白家的把柄，他都這樣說了，想必是能辦到的，就不再細問了。

今日是慶王妃出嫁回門的日子，李慕歌遂沒留白淵回用午膳，放他早早回去，想必他見到白靈婷，還有些事要商量。

之後，宮中嬪妃和其他公主，或是親自來恭賀，或是差人送來禮物，李慕歌一一答謝。

等忙完了，已到吃午膳的時候。

在她以為沒有客人時，環環稟道：「鍾粹宮來人了。」

因為李慕貞的原因，李慕歌跟鍾粹宮來往並不密切，此時熙嬪和李慕貞派人過來，倒讓她有幾分意外。

第五十九章

代替鍾粹宮來送賀禮的人是應公公。

應公公說了些吉祥話後，接過李慕歌的打賞，卻沒有離開的意思。

李慕歌便讓環環上茶。「許久沒跟公公坐下喝茶，今日公公有空，且多坐片刻吧。」

應公公的鬍子都花白了，是各宮管事公公中年紀最大的。

他笑著說：「今日是公主的好日子，老奴想來討個彩頭。」

李慕歌點頭，先前拉攏應公公時，就說了會給他好處，只是應公公一直沒向她開口，她便沒主動提起。

應公公說：「老奴上了年紀，今年越發做不動事，到了告老還鄉的年紀。但老奴孤身在宮中幾十年，宮外半個親人都沒有，只怕是死了都沒有人管。老奴想早點出宮，趁著手頭存了點銀子，抱個孩子養幾年，好替我養老送終。」

李慕歌能理解，太監無後，最擔心的就是身後事。

「公公服侍皇家一輩子，我怎會讓你老無所依？你想出宮抱養孩子，這些都容易，只是你上了年紀，孤身帶著孩子也不方便，還是得有個主家做依靠。」

應公公眼神閃了閃，他本就是白家的人，以為李慕歌的意思，是讓他出宮後，繼續替白家做事。

「老奴年紀大了，廢物一個，哪裡還有人家收留？不必添麻煩了，公主也不必為我一個奴才，欠外家的人情。」

李慕歌有些訝異，應公公不僅要出宮，還要跟白家劃清關係，這便有意思了。

她沒有追問，而是道：「公公是宮裡的老人，怎會沒人家請你去？我從不跟公公繞彎子，直接跟你說了。毅勇侯府的顧夫人手中管著娘家宋家的產業，自從去年進京，就有些力不從心，想找有經驗又可靠的人替她去金陵打理生意。如果公公願意，顧家和宋家必然是非常歡迎的。」

應公公愣住，對於這個安排有些意外，沒有立刻回答，只說謝過公主好意，容他再斟酌斟酌，便告退了。

送走應公公，環環有些不解，問了李慕歌。

「公主從去年便對應公公示好，他一直半冷不熱，去年找您說了幾件事，還惹得您心煩意亂，也不見有什麼用處。如今您替他安排這麼好的去處，他居然還不領情，您也太給他情面了。」

李慕歌說：「應公公是服侍我母妃的老人，從母妃一入宮，他就貼身服侍了。不管宮裡的事還是白家的事，他必然知道不少，不過是我還沒能撬開他的嘴罷了。

「更重要的是，自從母妃去世後，她身邊的人陸陸續續被左婕妤除個乾淨，應公公卻能一直安然無恙地活在宮裡，本事可不簡單。現在他突然要出宮，還不願意投靠白家，只怕是知道了什麼我不知道的事，在為自己謀後路。」

環環懂了。「那是得看住他，不能讓他就這麼脫身。」

處理完這些瑣事，李慕歌望望門口，有些鬱悶地問：「今天侯爺沒派人來帶句話嗎？」

環環神色也稍微暗了些。「還沒有，可能在路上吧。您的生辰，侯爺不會忘的。」昨天她還遞信給哥哥徐保如，再三提醒他，今天是李慕歌的生辰。

這個月，顧南野離開刑部，平調至工部，任工部尚書，重整營繕、虞衡、都水、屯田四清吏司。

工部掌土木、渠堰、製器物和軍器。礦冶、紡織等等，也由工部主理。

顧南野新官上任，又是百業待興的局面，日以繼夜都不足以形容他的忙碌。

這些，李慕歌都知道，所以沒指望顧南野今天能幫她過生日。

只是一句話都沒有，也有點讓人傷心啊……

李慕歌整理了一下思緒，讓環環傳午膳。

看著李慕歌獨自吃午膳，環環有點替她委屈。

因為不確定顧南野何時有空，李慕歌推掉所有生辰宴請，特地為他空出時間，孰料最後卻要孤零零地過生日。

李慕歌的生日，顧南野自然是記得的，他已接連議了三天的事，就是為了能在今天擠出一點點工夫陪她。

今年是雍朝考核大年，各處地方官陸續回京述職，三臺六部沒有一個人有空，何況今年工部也要推幾項新政，他得一一談清楚。

中間休息時，被他調到工部的范涉水送來午膳，顧南野抽空吃兩口，又拿起章程看了幾眼，指著傍晚的安排問范涉水。

「我不是說了，這段時間要空出來嗎？」

范涉水為難地說：「明天一早，慶王就要出發去燕北，此行凶險，他說今天務必要再跟您談一次。」

顧南野皺了皺眉，卻拒絕不了。

李佑顯新婚第三天就要遠行，又是為了收回國土的事，他沒道理不見李佑顯，只得吩咐道：「讓徐保如把太玄公主的生辰禮物送過去。」

他原不想假他人之手，打算親自送的。

徐保如依照吩咐，把禮物送進宮，並自作主張幫顧南野解釋了幾句。

李慕歌面色不改，笑著收下禮物，並請徐保如照顧顧南野的身體，不可勞累過度。

送走徐保如後，李慕歌再大度，也忍不住露出失落的神情。

她低頭打開手中的禮盒，裡面是一根狼皮編的馬鞭，掛著狼尾製的絨毛墜子。

徐保如說，這是顧南野從軍第一年在西北獵的狼，狼皮留著當紀念，一直沒有用，因為她的生辰才特地找出來，做了馬鞭。

據說，狼皮馬鞭帶著狼的氣息，能讓馬兒更馴服。

知道顧南野的心意仍在，但李慕歌心頭那點孤單失落，怎麼都揮之不去。

她握著馬鞭起身，吩咐道：「更衣，我要去馬場騎馬。」

顧南野送給她的小馬駒明月有僕人照料，三個月過去，長高了一大截。

換上合適的馬鞍，李慕歌翻身上馬，在馬場上策馬奔跑起來。

三月午後的陽光很溫暖，李慕歌騎了一會兒馬，漸漸釋然。

她想到她和顧南野未來的征程，他們只會越來越忙，她得適應這樣的日子，她要更克制、更體諒，不能隨便鬧脾氣。

如此想著，她卻憋出了幾滴眼淚。

一開始，她只想要平淡的生活，若有點甜甜的戀愛就更好了。

但是……誰讓她愛上一個這麼有事業心的男人呢？

環環見李慕歌停在馬場中間擦眼睛，連忙跑過去，問道：「公主，您怎麼啦？」

李慕歌仰起頭。「被風沙迷了眼睛。沒事，已經好了。」

她剛準備下場，三皇子李佑翔便出現在馬場上。

李慕歌只來過兩次，就遇到他兩次，可見李佑翔真的經常在這裡騎馬。

李佑翔驅策坐騎上前，高興地說：「三皇姊，今天妳生辰，怎麼沒出宮玩，一個人在這裡騎馬？」

李慕歌道：「先前接連吃了幾場喜酒，又是連番節慶，只覺得吵鬧得很，好不容易今天有空，想一個人清靜一下。」

「那我豈不是打擾到妳了？」

「沒事，我也騎累了，準備回去了。」

李慕歌想讓出馬場給李佑翔，但李佑翔卻跟著她往外走。

「三弟還有事找我？」

李佑翔連連點頭。「下個月京城裡有場賽馬，我想參加，三姊姊能不能幫幫我？」

李慕歌頓了一下。「你想去，跟貴嬪娘娘說一聲不就好了？」

「哎呀！」李佑翔拉住她。「要是我母妃肯答應，我就不麻煩三姊姊了。現在宮裡都知道，三姊姊說話特別有用，妳幫我跟母妃說一說嘛。」

李佑翔是向貴嬪的心頭肉，平日在宮裡騎馬都擔心他摔倒，怎麼會准許他出宮賽馬？想都不用想了。

李慕歌搖頭。「別的事，我或許能說上話，但你的事情，連太后娘娘也不太插手，貴嬪娘娘怎麼會聽我的？」

李佑翔鬱悶極了，想必是向貴嬪管得太嚴，竟出聲抱怨。

「她不許我騎馬，不許我習武，說是怕我受傷，說是為我好，可真的就是為我好嗎？大皇兄書讀得好有什麼用？父皇照樣不喜歡他，說不定我練出一身好武藝，父皇就像喜歡顧侯那樣喜歡我了。大家都說，比起我和大皇兄，顧侯才像是父皇的親兒子呢。」

李慕歌一驚，左右看看，還好馬場沒有其他人，連忙勸解。「誰說父皇不喜歡你和大皇兄了？他只是愛之深，責之切。這些氣話可不能亂講，被人傳出去，不管父皇還是大皇兄，聽了都會不高興。」

李佑翔不服氣。「三姊姊，妳別安慰我了，妳跟顧家關係那麼好，難道妳不清楚父皇多喜歡顧侯？聽說顧侯是父皇的私生子……」

李慕歌心中一緊，上前捂住李佑翔的嘴，嚴厲道：「三弟，你知道你在說什麼嗎？你到底是聽誰妖言惑眾？」

李佑翔頭一次見李慕歌發脾氣，表情嚴肅的樣子嚇到他了，便退開幾步，不答話。

在別人耳中，這或許只是茶餘飯後的笑談，但李慕歌知道，這對顧南野而言，是個有一點苗頭就必須被掐滅的毀謗。

前世，顧南野因私生子的謠言受了不少罪，且不說喻太后一直因這個為難他，朝臣也擔心他有篡位之心，群起攻之，最後逼得他不得不遠走南洋，征戰扶桑。

最後，連造反的燕北王也視他為皇室餘孽，步步緊逼，想斬草除根。

原以為這一世有顧夫人、有她和顧南野的感情，不會再生出這樣的荒誕謠言，沒想到還是來了。

李慕歌的情緒一陣翻湧，道：「好，你不說，我去問向貴嬪。」

說罷，不管李佑翔在身後怎麼賠禮道歉，她頭也不回地往長春宮走去。

慈寧宮和養心殿幾乎是同時得到傳信，說李慕歌大鬧長春宮，打了伺候三皇子的八個奴才，其中領頭的兩個被杖罰並掌嘴，已經快不行了。

雍帝十分意外，問莫心姑姑。「歌兒打的？」

莫心姑姑神情為難。「是，太玄公主下的令，向貴嬪和三皇子要攔，但公主調禁軍過去，並親自觀刑，現在還沒結束，查完三皇子的人，又要查向貴嬪身邊的人。向貴嬪請皇上和太后過去救命。」

雍帝放下朱筆，依然詫異。

他這個女兒回宮後，從沒聽說她責罰宮人，唯一一次見她發脾氣，是駁回顧南野提親那次，但她也沒氣多久，勸勸就好了。

這是出了什麼事，惹得她勃然大怒？

雍帝追問原因，莫心姑姑也搖頭。「三公主關上門，親自審問長春宮的宮人，連向貴嬪都不曉得是為什麼。但看三公主的架勢，向貴嬪已然嚇壞，只怕是三皇子做了什麼大逆不道的事。」

雍帝想了一下，吩咐道：「太后得到報信，應該會過去，朕就不去了。妳替朕過去看著，待那邊處理完了，再帶歌兒來見朕。」

莫心姑姑應下，領命而去。

莫心姑姑趕到長春宮時，喻太后已經到了，坐在正殿上。

向貴嬪拉著李佑翔，跪在喻太后腳邊，正在哭訴。

「太后娘娘，您快管管吧，公主帶著禁軍衝進我宮裡，喊打喊殺的，縱然是皇上，也從未這麼對待過臣妾啊！青天白日的，眼見要鬧出人命，她卻一個交代都不給；您來了，她也不見，真是要造反了……」

喻太后聽到消息時，先是被李慕歌放肆的做法驚到，但想到她會這麼做，必然是出了大事，反而更疑心向貴嬪和李佑翔。

但她到長春宮坐了一會兒，李慕歌仍讓人守著側殿，在裡頭審問宮人，聽到傳話也不出來見她。

喻太后的心情漸漸變差，這個丫頭到底是眼皮子淺，讓她當了幾天家，就敢這麼目中無人了！

李慕歌黑著臉，審完貼身伺候向貴嬪和李佑翔的人後，才來正殿拜見喻太后。

喻太后都要喝完一盞茶了，面色不快地說：「三公主鬧出這麼大的陣仗，到底是出了什麼事？哀家糊裡糊塗坐在這裡好半晌，還以為宮裡有人造反了。」

李慕歌望著向貴嬪，冷冷一笑。「離造反也不遠了。」

這句話把殿裡的人嚇得不輕。

喻太后坐直了身子，看著向貴嬪。

「妳不要亂說！」向貴嬪緊張地辯解。

李慕歌揮揮手，讓她和喻太后帶來的人都退下，又讓馮虎關上正殿的門，嚴加看守。

莫心姑姑正猶豫著自己是走是留，就聽李慕歌客氣而又抱歉地對她說：「煩請姑姑在外面稍等片刻，晚些我跟妳去見父皇。」

莫心姑姑了解聖意，雍帝派她來，本就是為了阻止喻太后責罰李慕歌，便說：「奴婢在外頭候著，公主若有什麼事，隨時喚奴婢進來就是。」

李慕歌點點頭。

殿裡安靜下來，李慕歌看李佑翔一眼，對喻太后和向貴嬪開了口。

「今日三弟跟我說了個玩笑話，三弟不如也講給太后娘娘和貴嬪娘娘聽一聽？」

李佑翔在自己的貼身宮人被打得吐血時，就已經嚇破膽，見李慕歌逼近他，飛快往向貴嬪身邊靠了兩步，否認道：「我、我什麼都沒說過。」

李慕歌冷笑一聲，懶得跟他們兜圈子。

「我把所有宮人趕出去，還讓莫心姑姑迴避，就是為了替向貴嬪和三皇子留點臉面。既然三弟不敢說，那便由我來說吧。

「今日三弟告訴我，大家都說顧侯是父皇的私生子，所以父皇格外偏愛、信任他。」

這句話，令向貴嬪和喻太后屏住了呼吸。

向貴嬪穩住自己，要開口反駁，但李慕歌沒給她這個機會。

「我原本覺得，這是三弟身邊的人亂嚼舌根，打算懲戒一二，但一審之下，讓我問出更聳人聽聞的事來。」

貼身服侍李佑翔的小太監只有十幾歲，沒經歷過什麼大場面，二十板子下去，便打出了實話。

小太監說，自從顧南野求娶太玄公主被雍帝拒絕後，長春宮裡就有這個流言，不僅說顧南野是雍帝的私生子，還說雍帝在京城私會顧夫人，做了苟且之事。甚至猜測，雍帝之所以不立儲君，是存了念想，要讓顧氏母子認祖歸宗。

李慕歌聽了，氣得不得了，立刻去審向貴嬪身邊的宮女。

這一審下來，果然發現，這些謠言是向貴嬪親口說出來的。不僅謠言，還審出別的事。

李慕歌盯著向貴嬪，道：「貴嬪娘娘真是好教養，非議父皇私德，拿這些污言穢語教導三皇子，實乃大不敬之罪！」

雍帝和顧夫人、顧南野母子到底是什麼關係，喻太后也懷疑過，但顧夫人進宮替顧南野求親時，已除去雍帝私生子的猜疑，沒有誰比做母親的更清楚孩子的身世。

至於雍帝和顧夫人現在的關係，喻太后不好說，但不影響江山社稷、皇家血脈，便睜一隻眼、閉一隻眼。

更重要的是，在有證據之前，這些不能往外說，更不能拿到孩子們面前說。

向貴嬪這張嘴巴，實在是太壞了！

喻太后喝問向貴嬪。「這些都是妳說的?!」

向貴嬪搖頭，不肯承認。

李慕歌說：「娘娘不用急著否認，您做的錯事，又何止這一件？」看向喻太后，繼續說下去。

「自慶王與白家訂親，向貴嬪便擔心我和慶王太過親近，想辦法離間我和慶王。之前憫王回宮，向貴嬪便派宮女在他面前搬弄是非，說是我和慶王聯手設計琉慶宮的大火案，激得憫王持刀報復我。

「與此同時，她又教唆三皇子，要他跟我和顧侯親近一些，鼓動顧侯把慶王拉下馬。只要慶王沒了希望，顧侯又是私生子，儲君自然是三皇子的囊中之物。

「向貴嬪真是打得一手好算盤，不僅非議父皇，還挑撥皇嗣間的感情，覬覦儲君之位，這與造反有何異?!」

「混帳！」喻太后再也忍不住，砸碎手邊的杯盞。「來人，把這賤人拖下去！」

馮虎聽到動靜，帶人衝進來。

聽到喻太后的吩咐，李慕歌暗中點頭，馮虎立刻派人將哭鬧嘶喊的向貴嬪拖走。

李佑翔嚇哭了，跪在地上。「母妃只是說一說，我們什麼也沒做啊！」

喻太后本來就不喜歡李佑翔，如今知道他們對李佑顯起了歹心，更是恨得牙癢癢。

李慕歌見喻太后眼中起了凶光，搶先道：「長春宮的事，下午孫女已經審問清楚，向貴嬪和三皇弟要如何責罰，得請父皇定奪。皇祖母，不如咱們一道去養心殿吧？」

喻太后氣壞了，一是氣向貴嬪母子，二是氣李慕歌。

她這處事的樣子，真是要在後宮裡當家做主，讓她覺得不安。

但喻太后還是耐著性子，跟李慕歌去了養心殿。

她可以懲罰妃嬪，但皇子該如何處置，還是要雍帝做決定。

第六十章

雍帝聽了長春宮傳的污言穢語，氣得不輕，震怒的樣子比李慕歌更盛。

他親自盤問向貴嬪的貼身宮人，即刻下令廢除向氏的貴嬪之位，幽禁於長春宮。

長春宮三十餘名宮人，全部杖殺。

至於三皇子李佑翔，一時之間，雍帝並未決斷。

喻太后眼中容不得這種威脅，希望將李佑翔貶為庶人，卻被雍帝駁回，只說改日再議。

喻太后氣呼呼地走了，雍帝單獨留下李慕歌。

連喝兩碗茶消氣之後，雍帝才說：「朕有五女四子，說起來兒女眾多，子嗣繁茂，但多年來後宮一直不睦，原來是左氏弄權、向氏弄非的緣故。朕本以為向氏只是嘴碎，危害不大，沒想到朕的子女，她竟是誰都不放過！」

流言可以殺人，向氏說的那些話，就是想讓李佑顯、李佑斐和李慕歌纏鬥，她好坐收漁翁之利。

李慕歌知道雍帝寒心，但後宮這麼亂，也有他放縱不管之故，不知道該怎麼勸解。

父女倆各自想著事情，沈默了一會兒。

雍帝接著說道：「向氏是朕在皇子府時的舊人，很早就在朕身邊服侍。她十分清楚朕和顧夫人之間的往事，所以會多想。但朕不答應妳和顧侯的婚事，並非因為這個。」

身為父親，要對女兒解釋這些，是非常難堪的。

但雍帝不得不說，他擔心宮裡這些污言穢語傳到顧夫人耳中，又把人氣回金陵，再也見不到。

李慕歌這才開口：「女兒曉得，正因為知道，才更是氣憤。如今流言已被扼止，但向氏被貶，對外還需另有個正當說詞。」

雍帝露出滿意的神情，知道李慕歌不會把這件事的真相說出去，打算找個堂而皇之的理由替代。

他斟酌了一下，道：「向氏善妒，欲謀害向良人，德不配位，廢之。」

李慕歌點點頭。這個理由想得很好，對外、對向家都有個交代。且向氏是因為謀害向思敏被貶，向家必定不會再替向氏求情。

雍帝望著她，又問：「至於翔兒，朕還沒想好如何處置。妳有什麼想法？」

來的路上，李慕歌就一直在想這件事。

李佑翔畢竟只是個十一歲的孩子，他所說所想，都是向氏教導的，本身沒做什麼大惡之事。

於是，李慕歌建議雍帝。「三弟僅是被教唆，懲罰向氏足矣。不如罰三弟閉門思過三個月，再把他交給向良人撫養。向良人為人正直，性格溫柔，想必能善待三弟，也會用心教導他的。」

雍帝有些意外，剛才他發現李慕歌雷厲風行、手段狠辣的一面，有些擔心這個女兒內心狠毒，所以故意拿李佑翔試她。

孰料，她倒是非常疼惜弟弟，還順帶提拔向思敏。

雍帝細想一會兒，李慕歌的處理方式，的確是最妥當的。

李佑翔還在，向家還在，便有力量去制衡李佑顯。不然眾皇子皆殞，立李佑顯為儲君的呼聲就止不住了。

向氏被幽禁之後，養心殿又下聖旨，晉升向良人為向婕妤，擔三皇子的教養之責。

這一切變化，不過是在一天一夜之間。

消息傳出皇宮時，多少有些走樣，眾人只知太玄公主在自己生辰這天，查出向氏謀害向婕妤的陰謀，因此被幽禁，長春宮所有宮人遭杖殺，紛紛驚嘆這位年方十五歲的公主，手段竟如此狠辣，假以時日，不知是何等厲害的人。

這些話有褒有貶，對於一個少女來說，貶義的評價還是居多。

外面的流言，是白靈婷進宮時告訴李慕歌的。

白靈婷十分氣憤，說：「都是些只知其一、不知其二的長舌婦，居然敢對妳說三道四。後宮的事雖由妳協理，但若處置不當，皇上和太后怎會由妳胡來？但外頭竟說妳幫著王爺，故意欺負三皇子。」

白靈婷說完，放低了聲音，問道：「不過……這事說來是有些湊巧，王爺正要離京遠行的前一晚，三皇子就出事，大家都猜是王爺為了安心離京故意做的。公主，這應該不是妳故意設計的吧？若真是這樣，可得跟我明說，我一定讓王爺承妳這個大人情。」

李慕歌連連搖頭，這個人情，她可不敢要。

「我哪有這個手段？是向氏自己做錯事，我只是依照宮規，處罰長春宮的人罷了。」說完又覺得好笑，沒想到讓慶王幫她揹了這個黑鍋。

白靈婷想想也是，她不覺得李慕歌是個鐵血手腕的人，轉而又道：「越是這樣越氣，外頭傳什麼的都有，髒水已經潑到王爺頭上了。」

李慕歌反過來安慰她。「何必在意那麼多，若因言論瞻前顧後，那什麼事都不用做了。」

白靈婷望著她，忽然笑了一聲。「妳有沒有發現，妳跟顧侯越來越像了？」

李慕歌看她，驚訝道：「有嗎？」

白靈婷說：「兩年前，顧侯聲名狼藉，我聽到他的名字都要怕死了，但他該幹什麼，就幹什麼，根本不在意別人怎麼說。現在，妳也有幾分他當初的樣子了。可是公主，妳好歹是姑娘家，要愛惜名聲，萬萬不能像顧侯那麼胡來。」

李慕歌開玩笑道：「如果我的名聲也變差了，等到跟顧侯訂婚那日，世人只怕會說一句般配吧，也挺好的。」

白靈婷聽得哭笑不得，轉而去喻太后那邊請安。

李佑顯去燕北辦差，白靈婷不想待在慶王府跟朵丹大眼瞪小眼，常常進宮。

雖然她脾氣不好，但非常清楚，李佑顯最大的靠山是喻太后，所以花了十足功夫孝敬，更是不惜財物地打賞慈寧宮眾人。

一段時日下來，倒也有些成效。

自向氏的事情之後，喻太后隱隱有些防備李慕歌，漸漸收回協理後宮的權，用這次親自挑選進來的王良人和褚良人，不再事事差遣李慕歌。

李慕歌身上的瑣事少了，真是求之不得。

隨著聽政的日子漸久，雍帝派給她的功課更多了，要是能騰出更多工夫來處理朝政，也更游刃有餘。

清明節前夕的朝會上，幾位閣老為是否頒布一項經商令的事，爭執不下。

李慕歌如往常一樣，安心坐在養心殿的屏風後，記下各位閣老的意見，時不時添幾句自己的點評。

待內閣大臣散去，李慕歌拿著自己的筆記出來，跟雍帝交換意見，竟意外發現，顧南野也在。

方才她沒聽到顧南野出聲，還以為他不在呢。

顧南野一直看著她，嘴角帶了點笑。

但李慕歌神色冷冷的，根本沒有回應顧南野，只答雍帝的問話。

「……光明關做為西北貿易通關的隘口，需擴建商市、修建官道，但南部海岸的渡口，也要蓋起來。海運比陸運方便，雖有航海風險，但載貨的量和通商之利，遠超過光明關。」

雍帝聽完，又問顧南野的意見。

顧南野這才把目光從李慕歌身上挪開，回答雍帝的問題。

三人交談片刻，禮部有人來請雍帝去準備清明節祭祀大典的事，這才打住。

雍帝走後，殿裡只餘李慕歌和顧南野。

李慕歌轉回屏風後，收拾自己的紙筆，而後冷著臉離開養心殿。

出了殿，顧南野亦步亦趨地跟著李慕歌。

待走到宮道上，他才問：「不理我了？看都不看我一眼。」

李慕歌依然不理他。

顧南野知道李慕歌在鬧什麼脾氣。

且不說她生辰那天，他沒露面，如今已是四月初，宮裡還發生不小的事，他依然問都沒問一聲。

「春汛來了，前些日子我趕去黃河邊檢查堤壩，昨晚才回來。」

李慕歌沒吭聲。

她知道這件事，徐保如來報過信。她是氣顧南野連當面道別的工夫都騰不出來。

真就這麼忙？怕是認識久了，漸漸不重視她了！

顧南野又說：「下午我又得走了，去光明關。」

「什麼？」李慕歌驚訝地止住腳步。

光明關在西北，離京城很遠，光是過去都要近一個月的路程。

顧南野下午就要走，她沒工夫跟他鬧脾氣了。

見她轉過身，顧南野從懷裡拿出一張她做的原諒卡。

「這是妳送我的生辰禮物，雖然捨不得，但這次拿來用了。妳不要生氣了好不好？」

李慕歌咬著下唇，接過原諒卡，賭氣道：「怪不得你這麼肆無忌憚，原來是仗著自己有特權。」

顧南野陪她回到體元殿，才牽她的手，安慰道：「之前是我不好，不該如此忽視妳。」

顧南野並不是真的忽視李慕歌，環環跟馮虎會不時來稟報她的近況，他知道她在宮裡無恙，能獨當一面了，才沒有插手。

李慕歌心裡也沒有多大的氣，但為了兩人的未來著想，有些規矩，她覺得還是要立。

「我知道侯爺為社稷鞠躬盡瘁，沒空管我，我也不該跟你嘔氣，但你半個月，甚至一個月都不來見我，就算我再善解人意，心裡還是會難受。我希望侯爺不管再忙，都能抽出工夫來看看我，我去看你也行，瞧一眼都好，別搞得像失蹤一樣。」

以前顧南野行軍打仗，一、兩年在外奔波，也沒捎封信回家。

如今雖然知道他不該跟以往一樣，但也有做得不周到的地方。

這次去黃河巡堤前，他有想過要跟李慕歌道別，但晚上下衙時太晚，隔天又要早早出發，便沒有擾她休息。

看到小姑娘這麼委屈，他也心疼，道：「好，我記住了，以後不管去哪裡，都先當面跟妳說一聲。」

得了這個承諾，李慕歌安心了些，這才問起正事。

「光明關建商市是戶部的事，你為什麼要過去呀？」

顧南野說：「光明關擴建，要改造城牆和城門，對軍防有影響，西嶺軍不放心，請我去看看。」

沒有人比顧南野更了解光明關的軍防，這個理由聽著挺有道理，可李慕歌就是覺得不太對勁。

現在顧南野不掌管軍政邊防，工部又是忙翻天的時候，他還能抽出一、兩個月去幫西嶺軍考察？

見她存疑，顧南野道：「到底是邊疆要務，還是慎重以待。」

李慕歌點點頭，沒有多說，畢竟在軍務上，她什麼也不懂。接著問了行程安排和歸期、帶哪些人去，見顧南野安排妥當，便沒有要交代的話了。

顧南野反而有些戀戀不捨。「趕回來陪妳過七夕節，好不好？」

李慕歌終於笑了，主動投進他懷裡，點點頭。

「嗯，我等你回來。」

轉眼到了清明節，雍帝齋戒沐浴、禮拜先人，三天的祭祀典禮在一場春雨中結束，雍帝也在春雨中病倒了。

早在三月立春大典上，雍帝親自執禮時，便覺得身體很吃力，硬撐了一個多月，到底是沒休養過來。

李佑顯和顧南野都不在京城，跟前沒有能分擔的人，雍帝只得冒險，提前讓李慕歌走到朝臣面前。

李慕歌的桌椅被搬到雍帝的病榻前，三省六部送到養心殿的奏摺，由李慕歌讀給雍帝聽，並代執朱批。

有臣子來向雍帝稟報要事時，李慕歌便幫著擬聖旨。

大臣們心中打鼓，猜測雍帝這樣安排的用意，又不敢明著質疑。

在一場議事結束後，幾位閣老從養心殿出來，互相看了幾眼。

因無涯大講堂對李慕歌比較有好感的田閣老先開腔，道：「皇上病篤，朝政繁重，這也是沒有辦法的事，大家別多想了。」

因李慕歌處置了向氏，向閣老對她心懷芥蒂，反駁道：「什麼沒辦法的事？中書省是吃乾飯的？」

中書省官員掌管制令決策，在皇帝授權下，可以代閱奏摺，擬定決議。

「哎，向閣老何必動氣？」田閣老看看掌管中書省的劉閣老，出聲勸道。

向閣老瞪著眼睛。「今天你們沒聽出來嗎？太玄公主對政令的熟悉，哪裡像是代為傳話？皇上只怕早讓她參政了。」

「不會吧？」其餘兩位閣老有些吃驚，但再想一想，今日李慕歌的表現，的確一副瞭若指掌的樣子，連雍帝咳嗽，含糊不清地說幾個詞，她都能飛快弄明白雍帝是什麼意思。

向閣老有舊部調去禮部任職，曾當作趣談跟他說過，禮部有些政令，聽聞是太玄公主的建議。

當時，他只當是白家拿太玄公主當幌子，想利用禮部干涉士林的事，如今細想，只怕沒這麼簡單。

他想著，望向劉閣老，問道：「皇上病重，中書省不打算幫皇上分擔一二嗎？你們也太荒廢政務了。」

劉閣老原是翰林大學士，在左閣老倒臺後，顧南野向雍帝提議，破格提拔上來的。

他走的不是六部官員的路子，最是剛正不阿，當即駁斥。「皇上獻身社稷，心繫百姓，既堅持親力親為審閱三省六部的奏章，我們做臣子的難道不允？倒了一個左閣老，難道向閣老有意做第二個？」

之前左閣老執掌中書省時，奏章大多由中書省直接批示，而後才送到雍帝面前蓋玉璽，做個樣子罷了。

以前雍帝放手朝政，卻因制度有缺，養出一堆外戚權臣。

自從除掉段左兩黨後，雍帝逐漸收回權力，雖建了新內閣，但還沒有把權力下放。

幾人爭論幾句，到底不敢直接議論太玄公主干政之舉，各懷心事地出宮了。

不過，太玄公主輔政的事，到底漸漸發酵，在朝堂中引起不小的議論。

有御史臺大臣寫奏摺彈劾，但摺子卻落到李慕歌手中。

「公主幼年失教，才疏學淺，使其輔政，必誤國殃民。再觀此事，實乃毅勇侯竊權盜柄之舉，毅勇侯出身武勇，以討賊為生，然其不專於外患，存圖謀社稷之心，豈非天下第一大賊乎！」

李慕歌坐在床頭，把彈劾奏章唸給雍帝聽。

起初唸自己那部分，她沒什麼感覺，但唸到御史彈劾顧南野時，她越來越生氣。

唸完後，她將奏摺用力一合，丟在桌上。

「父皇，您聽聽，這說的都是什麼？批評我就批評我，為什麼要攀扯顧侯？」

雍帝卻是淺淺一笑，想到李慕歌是第一回讀彈劾奏摺，便說：「這已算是客氣的，早兩年罵顧侯的奏章，都要堆成山了。妳若想看，可去庫房調出來翻翻，讀完幾十份，吵架的本事都能長不少。」

李慕歌沒想到雍帝還有心情開玩笑，有些發愁。「遇到這種事，該怎麼辦呀？」

雍帝教導她。「若是說些不痛不癢的話，丟在一旁不管；若是接二連三的死諫，便召來安撫兩句，曉以道理，誘以利害。再不行，聽從勸諫，明貶暗賞，他們也沒什麼辦法。」

李慕歌聽出雍帝的意思，眼下是不打算管那份彈劾奏章了。

但雍帝又說：「不過，御史臺有喻家的人。」

李慕歌心中一驚。「那皇祖母想必是知道了。」

雍帝嘆了口氣。「要是太后找妳，這段日子，得委屈歌兒忍一忍了。」

李慕歌點點頭，琢磨雍帝的意思，這是不打算替她撐腰，也不打算跟喻太后正面交鋒。

她有些不快跟忐忑，要她參政的是雍帝，現在有了爭執，怎麼就不管她了呢？

顧南野不在京城，她沒經歷過這種事，連商量的人都沒有，該如何是好……

第六十一章

中午從養心殿出來後，李慕歌沒有回體元殿，而是直接出宮去毅勇侯府，又命馮虎去請葛錚和宋夕元過來議事。

顧夫人聽李慕歌說了來意，也有些發愁，跟她一起見了葛錚跟宋夕元。

這兩人是顧南野的左膀右臂，也是立憲派的股肱之臣，十分清楚當前局勢。

葛錚道：「這一年來，皇上和侯爺推行各種新政，雖有阻力，但強壓下來，漸有成效。唯有立憲改制之事，不管單獨與閣老密談，還是在議事中起頭，都會被所有大臣排斥，堅決不肯詳述。皇上請公主輔政，為的是給朝臣施壓，逼他們做選擇。」

李慕歌沒聽懂後面的話，追問道：「做什麼選擇？」

葛錚覺得事大，雖在場四個人都可信任，還是不肯明說。

宋夕元沒那麼多顧忌，直接道：「皇上意在告訴他們，若是不接受改制，他可能立公主為儲君，把社稷交到公主手中。」

李慕歌知道雍帝對她有指望，但只以為是類似垂簾聽政這樣的事，從沒想過以女兒之身坐上儲君之位。

在雍朝的封建體制下，這簡直比立憲改制還要聳人聽聞。

顧夫人也聽得心驚膽戰，說：「皇上太胡鬧了，這不是讓小玄兒成了眾矢之的？小野也同意？」

宋夕元解釋。「侯爺答應讓公主參政，但不想這麼快公諸於世。這次皇上臥病，揭開公主輔政的事，侯爺並不知情。送給侯爺的信已經在路上，等侯爺知道，必定十分生氣。」

李慕歌搖頭。「我看父皇的意思，是要用我引蛇出洞。木已成舟，就算侯爺知道，我也沒辦法退出了。」

葛錚同意李慕歌的猜測。「不管改制還是立公主為儲君，都會把朝臣和宗室們逼到大皇子那邊。此時皇上用公主投石問路，是想先除去大皇子和喻太后的先鋒爪牙。這件事，皇上之前就打算做了，但被侯爺阻止。這次侯爺離京，皇上一意孤行，沒人勸得住了。」

顧夫人握住李慕歌的手，心疼地望著她，說不出話。被自己的父親當成政爭工具，任誰也不會好受。

李慕歌的確不舒服，但也沒有太強烈的情緒，畢竟她的靈魂與雍帝並無親情羈絆，能比較客觀地去看待這件事。

雍帝剛登基時要改制，險些被喻太后弄下臺，這說明喻太后在朝中、宗室中，有很大的勢力。

之前她一直認為，儲君之位非李佑顯莫屬，才一直沒有大動作。此時發現威脅，必然有舉動，會隨之暴露她的爪牙。

「我理解父皇的舉動，既是如此，那咱們得配合著把事情做漂亮些，總不能吃了虧又沒達到目的，那才是感情用事。」

葛錚聽了，讚賞地看她一眼。十五歲的姑娘能這麼冷靜客觀，讓他十分意外。

宋夕元幫她分析了一些可能發生的情況，比如喻太后會為難她，或慶王妃背離，抑或是有人將謀害她。

商量完對策後，為免惹人生疑，李慕歌沒有多留宋夕元跟葛錚，讓他們早早走了。

顧夫人見狀，憂心地說：「現在局勢這麼不好，我怎麼放心讓妳回宮？」

李慕歌安慰她。「夫人放心，現在已經不是剛回宮那時了。這半年，我在宮中掌事，也留了些後路，不至於應對起來毫無章法。」

顧夫人跟喻太后交過手，知道她的厲害，叮囑道：「不要逞強，若真有事，定要遞信告訴我。」

李慕歌點頭應下。「好，要求夫人幫忙時，我必不會跟您客氣的。」

出了毅勇侯府，李慕歌又去了慶王府。

這是她頭一回登門，白靈婷非常詫異，又有些驚喜。

「今日妳怎麼有空來王府做客？也沒派人提前說一聲，我好準備準備。」

李慕歌看看一同來迎客的朵丹，對白靈婷說：「有些白家的事要跟妳商量。」

朵丹聽了，知趣地退下。

白靈婷收起笑，有些忐忑地問：「出了什麼事，需要妳親自跑一趟？」

既然準備跟喻太后對抗，就得保證無內患。

白靈婷是夾在她和李佑顯中間的人，最容易被喻太后利用，得先下手為強，把白靈婷安撫好。

兩人去了王妃的正寢密談。

李慕歌坐定後，低聲問道：「妳可知，父皇剛登基那時，皇祖母並不喜歡父皇？」

白靈婷自然知道，和李佑顯議婚後，她便通過白家的途徑，了解許多皇家的事，有些緊張地問：「為什麼突然提這個？」

李慕歌說：「我擔心往事重演，妳和大皇兄站錯了邊。」

白靈婷一臉詫異，在她看來，現在李佑顯並無選邊的問題。

如今前朝跟後宮中，唯有李佑顯這個皇嗣接觸朝政，三皇子、四皇子極不受寵，根本沒有當上儲君的可能。雍帝和喻太后所想，怎麼還會分歧？

若有分歧，那只有一個匪夷所思的可能。

白靈婷不由靠近李慕歌，低聲問道：「太后和皇上之間，出了什麼事？」

李慕歌問：「妳不會猜不到吧？」

白靈婷的婚事是李慕歌牽的線，所以白靈婷近來特別信任她，便直截了當說出猜測。

「聽聞皇上以前要立憲改制，把手中的皇權交出去。太后不答應，說他不想當這個皇帝，不如交給別人來做。當初，後宮皇子僅有皇上一人，太后打算扶持另一位郡王登基。但這件事，不是早過去了嗎？現在皇上不會又不想當皇帝了吧？今時不同往日，若他不想做了，太后不用扶持郡王，有慶王和三皇子在呀。」

李慕歌問：「那依妳看，慶王和三皇子，誰更有希望做儲君？」

白靈婷笑著說：「妹妹這不是明知故問嗎？」

向氏剛被幽禁，三皇子更不可能了。

李慕歌說：「若真如妳所想，形勢這麼明朗，為何父皇遲遲不立儲？」

白靈婷被問住了，她也疑惑，不知道雍帝在堅持什麼？

李慕歌索性直接道：「我們來做個假設。如果皇上不肯傳位給慶王，但太后堅持扶持慶王登基，妳覺得慶王會怎麼選？妳又會怎麼選？」

白靈婷很想再說一句明知故問，但她不敢說。

她很清楚，她的婚事是李慕歌撮合的，可李慕歌和顧侯是站在雍帝那一邊的。

「妹妹問得也太為難我了。」

但李慕歌一點玩笑的神色都沒有，嚴肅道：「如果這種事會發生呢？且不管慶王怎麼選，妳會怎麼選？」

白靈婷被她逼得有些煩，說：「嫁雞隨雞，嫁狗隨狗，我能怎麼選？王爺又不與我商量這些事，我管不著。」

李慕歌道：「那我來幫妳理一理。

「如果慶王跟隨太后，與父皇作對贏了，便是登基，但因我和白家支持皇上，妳必不會得慶王信任，冷宮就是妳的歸宿；若輸了，慶王是逆王，妳也只能隨他去了。」

簡而言之，只要慶王跟雍帝對抗，不論輸贏，白靈婷都沒好日子。

白靈婷臉色發白，神情不善地說：「既然公主早想到這些事，為什麼要我嫁給慶王，又不支持慶王？這不是把我往火坑裡推嗎？」

見她惱怒，李慕歌沒有生氣，只是淡淡地說：「如果野心不受控制，慶王府便是火坑；如果甘於做個賢王，我自然與他同氣連枝。是極樂，還是地獄，都在一念之間。」

白靈婷明白了，李慕歌是逼著她跟李佑顯站在雍帝這邊。

縱使心生不滿，但她現在不敢與李慕歌翻臉，只得忍著脾氣問：「皇上到底打算立誰為儲君？」

李慕歌說：「聖意難測，我們能做的就是管好自己的野心。這次慶王去燕北辦差，朵丹竟把虯穹軍令交給他使用，雖能幫慶王對抗燕北王，但慶王手中有兵後，萬一起了逆反之心呢？朵丹千方百計嫁給慶王，其中到底有什麼圖謀，難道妳想不到？妳身為慶王正妃，可不能不管。」

白靈婷遍體生寒，她原是作著皇后美夢嫁給慶王，怎麼現在就快變成造反的逆賊了？

而且，朵丹對她的威脅，已近在眼前！

慶王離京之前，朵丹突然獻出軍令，哄得慶王十分開心，居然一改對虯穹的忌諱，當晚住在朵丹房中。第二日一早，不僅帶朵丹出城替他送行，還帶了個虯穹護衛一起北上。

原本她指望利用李慕歌、顧侯、白家的支持來爭取慶王的器重，但若慶王執意要跟雍帝作對，這些人必不會幫慶王，她在王府的日子也會越來越難過。

「我試著勸勸吧。」

見白靈婷動搖了，李慕歌說：「既然是我促成你們的婚事，就不會害妳。只要慶王不當亂臣賊子，我定保全你們身家性命和榮華富貴。」

臨走前，李慕歌又提示道：「之前表哥跟顧侯南下金陵，手上捉了幾個虯穹奸細，妳可以同他商量對策。」

見李慕歌果然沒有丟下她不管，白靈婷鎮定了些，客氣地送走了李慕歌。

忙完宮外的事，李慕歌趕回宮時，暮色已至。

她的車馬剛進宮，便有慈寧宮的人來請，說喻太后下午四處找她，讓她速速去回話。

李慕歌深吸一口氣。該來的總是要來，躲是躲不掉的。

慈寧宮裡，晚膳已經擺在桌上，但喻太后沈著臉，沒有用飯，坐在外殿，神色不明地撥弄著手中的茶盞。

有宮人進來稟報。「三公主回來了。」說完便轉身打起門簾。

喻太后抬眼看向被掀起來的簾子，哐噹一聲，將茶盞重重放在茶几上。

李慕歌跨過門檻，被這清脆的聲響敲得心裡一顫，盡可能鎮定地走上前，還帶著笑向喻太后請安。

「孫女出宮，未能提前告訴皇祖母，害得皇祖母擔憂，以後再也不敢了。」

喻太后冷淡地問：「妳去哪兒了？」

李慕歌回答：「大皇兄剛剛新婚就北上辦差，一走好多天，我擔心嫂嫂被朵丹公主欺負了，便去慶王府轉了一圈。」

「妳倒有心。」喻太后不鹹不淡地說了句，也想起是李慕歌幫李佑顯解了婚事難題，臉色終於沒那麼難看了。

她把一本奏摺丟到李慕歌腳邊。「妳自己看看。」

李慕歌撿起來，裡面寫的跟早上在雍帝那裡看到的差不多，也是說她不該參政，但因為是呈給喻太后的，並沒有提及顧南野。

喻太后說：「前朝之事，哀家向來不多管，但妳膽大妄為，小小年紀便敢插手朝政，現在外頭都罵哀家，說哀家沒把公主教養好，由不得妳再胡亂放肆了！」

李慕歌解釋。「皇祖母明鑑，是這位大人誤會我了。父皇臥病在床，我只是盡女兒一份孝心，侍疾罷了。」

「盡孝？妳不用在哀家面前巧舌如簧！小小年紀知道什麼國家大事？哀家知道，妳是因情誤入迷途，任由顧侯擺布。哀家今日也不深究，只請出皇家家法，將妳打醒！」

喻太后話落，她身邊的鄭嬤嬤托著一個蓋著黃布的托盤走出來，掀開黃布，下面是一把黑曜石戒尺。

戒尺閃著寒光，看著格外可怕。

喻太后抬起低垂的眼，下令道：「責，尺刑，手足各三十！」

鄭嬤嬤取出戒尺上前。「三公主，得罪了。」

李慕歌抬起手，握著拳，有些猶豫。

回宮路上，她想了很多，知道這頓打是躲不過的。

不挨這頓打，喻太后憋著這口氣，還會找其他機會為難她；不挨這頓打，雍帝就不會心疼她，依然會拿她當餌。

但真要打在身上了，她還是很怕。

猶豫間，鄭嬤嬤冷聲道：「公主，請吧。若讓奴才們強行動手，就不體面了。」

李慕歌只得咬著牙，把手心攤開。

鄭嬤嬤捏住她的右手指尖，戒尺無情落下，抽得她生疼。

鄭嬤嬤數到第五下時，李慕歌終於忍不住，抽泣起來。

伴著戒尺規律的抽打聲，小姑娘抽泣的聲音變成抑制不住的哭，哭聲漸漸伴著痛呼，最終喊道：「皇祖母，饒了我吧！」

喻太后不理會，鄭嬤嬤強拉著李慕歌的手，硬生生把三十下抽完才鬆開。

鄭嬤嬤鬆手的一瞬間，李慕歌左手托著右手，連退幾步。

望著皮開肉綻的手心，她渾身疼得顫抖起來。

鄭嬤嬤跟上幾步，道：「公主，還有腳上三十下。」

李慕歌淚漣漣地望向喻太后，委屈道：「皇祖母，您明知道這不是我能左右的事，君命、父命，我都不能違抗，您罰我有什麼用？」

今日喻太后責罰李慕歌，一是氣她不知自己的身分，竟敢跟李佑顯爭長短；二是氣雍帝，竟敢生出妄想，企圖葬送宗室大業。

她雖喜愛李慕歌這個聰明能幹的孫女，但若這份聰明成了對她、對宗室的威脅，她半分都不會手軟。

「鄭嬤嬤，妳還在等什麼?!」喻太后斥道。

鄭嬤嬤對左右兩旁的宮女使眼色，立刻有兩名大宮女上前架住李慕歌，掀起她的裙襬、捲起褲腳，露出白皙的小腿。

李慕歌的皮膚雖白，但小腿上傷痕累累，不堪入目，有在葉家被養父母虐打的舊傷，也有先前和顧南野一起在山路上遇襲時受的傷。

鄭嬤嬤望著這些舊傷，動容了一下，有些猶豫地轉頭看向喻太后，但喻太后沒有半分收回成命的打算，便再次揚起戒尺，抽了下去。

環環守在慈寧宮外，聽著自家公主的哭喊聲，急得要瘋了，卻什麼都做不了。

進去之前，李慕歌與環環商定了暗號，除非李慕歌喊「父皇救命」，否則環環不能去搬救兵。

環環也明白如今的局勢，此時李慕歌不能跟喻太后和李佑顯對著幹，必須隱忍一段時間，但聽著屋裡的動靜，她快忍不住了。

她身為貼身服侍的人，最知道平日顧南野有多疼惜李慕歌。

雖隔著重重宮闈，但顧南野安排了京軍衛中最可靠的守衛保護她；從不利用職權徇私的人，卻在內務府各司打點了關係，給李慕歌最好的吃穿用度。

日日關心、夜夜詢問，顧南野這樣捧在手心裡的人，現在卻在挨打。

不知他回京後知道了，會有多心疼、多生氣……

就在環環快把腳底板磨穿時，門簾終於掀開，兩個宮女扶著滿臉是淚的李慕歌出來。

環環快步上前，將人接到手中，著急問道：「公主，您怎麼樣了？」

李慕歌的手腳火辣辣地痛，哭得嗓子疼，腦袋也疼，哪裡都不舒服，哽咽道：「我走不了了。」

環環把她揹到背上，忍著怒意說：「我們回去！」

李慕歌趴在環環背上，還在抽泣，身子控制不住地顫抖，垂在環環身前的手已經腫成饅頭，還滲著血。

環環不敢耽擱，飛快把她揹回體元殿，請太醫過來。

第六十二章

太醫院的何太醫聞訊趕來，春節時李慕歌被李佑斐刺傷，就是他醫治的。

何太醫看到李慕歌腿上密布的新傷舊痕，已為人父的他十分心疼，問環環。「這些傷是怎麼來的？」

環環指著暗紅色的疤說：「以前在民間，被收養的人打的。」又指著一道巴掌長的傷痕道：「這是左段兩黨叛亂時，遇襲受的傷。」

何太醫嘆息。「唉，公主真是命途多舛。」

環環又氣又委屈。「誰說不是呢！以為回到宮中就好了，沒想到又被太后打，這可是她親孫女，下手居然這麼狠！」

「環環，別說了……」

李慕歌哭累了，躺在床上任由何太醫處理腳上的傷，聽到環環出言不遜，不得不阻止。

何太醫幫她包紮好手腳的傷，又熬了消炎止痛的湯藥來，待李慕歌服了睡下才離開。

環環送他出去，何太醫問她。「皇上知道公主受罰了嗎？」

環環搖頭。「我還沒來得及去傳話，慈寧宮那邊應該不會說吧。」

何太醫便道：「我要去替皇上把脈，我來稟報吧。」

環環有些訝異地看向他。在宮裡當差的人，一般都是明哲保身，不會多事的。何太醫便明說了。「侯爺離京前，特地囑咐微臣，要關照公主的玉體。」

環環恍然大悟，連忙道謝。

李慕歌喝藥之後，睡了一會兒，但手腳太疼了，整條手臂和小腿脹痛難忍，睡不安穩。昏昏沈沈之間，環環到床邊傳話，說：「莫心姑姑來看您了。」

李慕歌點點頭，手腳一扯就疼，索性不起身了。

莫心姑姑進來，道：「皇上知道您受了責罰，非常心疼，原是打算親自來看您，但太醫叮囑說龍體還未痊癒，不可吹風，只得由奴婢代為探望。」

「多謝父皇關心。」李慕歌應了一句，不想多說。

莫心姑姑又道：「皇上特地賞了特製的傷藥和補藥，奴婢已經交代下去，等會兒太醫會來替您換藥。」

李慕歌應下。「有勞姑姑走一趟，替我謝父皇賞賜。另外，幫我告假，我現在這樣，不能再去養心殿為父皇分擔政務了。」

莫心姑姑連忙說：「皇上知道，囑咐公主安心養傷，不必多想，自有他為您做主。」

李慕歌淡淡笑了一下。

挨了一頓打，若說李慕歌心中不氣是不可能的。她是有顆造福社稷的心，卻不想做雍帝的棋子。

為她做主？她倒想看看雍帝怎麼為她做主。

雍帝想用她引出朝堂中的太后黨，如今目的沒達到，雍帝絕不會開始反擊的。

李慕歌被太后責罰的事，很快就傳遍後宮。

有親近的人來探望她，如李慕錦、安美人；也有明哲保身裝不知道的，如熙嬪、向婕妤；也有趁火打劫的，如新進宮的王良人。

自李慕歌處置了向氏後，喻太后防備李慕歌坐大，漸漸收回她協理後宮的權，把一些事交由她親自選進宮的王良人來辦。

但王良人到底位分太低，很多事辦不了，所以還有許多宮牌留在李慕歌這裡。

被責罰的第二天，王良人來體元殿，帶著掩飾不住的得意神色，道：「太后娘娘說，如今公主臥床，不便再操勞，命我來取回宮牌。」

環環正在餵李慕歌喝藥。

李慕歌沒有立刻應她，待喝完藥，擦了擦嘴，才問：「手諭呢？」

王良人一愣。「這是太后的口諭。」

李慕歌便道：「留在我這裡的宮牌，關係到內務府六司九監的人與物，妳空口無憑就要把宮牌拿走，我怎知真假？這不合規矩。」

王良人見李慕歌不給，以為她不肯放權，聲音提高了幾分。「公主這是什麼意思？公然違抗太后的命令不成？」

李慕歌也不惱，道：「若真是皇祖母的意思，我自然把宮牌交給妳。不是我不信妳，但宮牌歷來需由主位娘娘掌管，從未交到區區良人手上，我也是怕出了差錯。只要妳請了皇祖母的手諭，我立刻交給妳。」

王良人氣惱地走了，沒再帶著手諭返回。

宮中手諭都要留底，喻太后若真用白紙黑字寫下將宮牌交由一名良人掌管的手諭，便是大大的不合規矩，她不會做這種事。

除非是喻太后紆尊降貴到體元殿來取，不然就算命李慕歌親自送去，她也能稱病拖著。

環環有些不解。「公主不是早就不想管內務了嗎，幹麼不乘機把事情丟出去？」

近日李慕歌心情不好，沒平時那麼好說話。

「我是不想管了，但也不能任由一個良人欺負到我頭上。今日由得她為所欲為，他日得了勢，更是要欺負我。」

九品良人是位階最低的妃嬪，要是連她都怕，住在宮裡也太沒意思了。

昨日李慕歌疼得頭發昏，今日漸漸清醒，才想起有很多事沒安排，遂交代環環。

「我被罰的事，不要傳出宮，更不要寫信告訴侯爺，他在邊陲知道了，只能白擔心。再傳個話給慶王妃，近來和我生分些，多哄哄太后，別連她也被太后討厭，以免以後更不好扶持慶王。」

環環領命，依言去安排了。

雖然李慕歌想壓下被責罰的事，但白淵回在錦衣衛行走，還是聽說了，便託謝知音進宮探望。

謝知音本就是個面色稍嫌冷淡的人，知道李慕歌受傷，神情顯得更為嚴肅。

李慕歌瞧在眼裡，以為她婚後過得不開心，反倒關心地問：「嫁進白家，是不是煩心事很多？我瞧妳臉色不好，如果白家有人給妳氣受，妳告訴我，我去罵表哥，他居然不替自己媳婦出頭！」

謝知音皺眉。「妳瞧瞧妳的手，還有心情打趣我？這怕是一個月都握不了筆。」

李慕歌寬慰她。「握不了筆正好，可以正大光明地偷懶。妳不知道，從開年到前幾天，我每日寫多少字，手都寫出繭子了，總算能休息。妳別擔心我，倒是妳，現在白家情況怎麼樣？先前表哥說他有法子，但過去這麼久，也沒見有什麼動靜。」

從她生辰那天早上談到現在，都要一個月了。

謝知音說：「家裡是發生了一些事，但沒有定論之前，想著不要讓您煩心，就沒有特地來說。」

清明節時，白家酉陽老家的祠堂辦祭祖大典，中途被一群舉著鋤頭的農戶大鬧一場。

酉陽縣丞抓了鬧事的人，但盤問之下，居然發現白家三房在酉陽放高利貸，利錢盤剝了一層又一層，還不上的便強逼簽下賣身契，到白家田莊做工。

近來，白家跟霍家關係變差，燕北的林場運不出木料，銀子周轉出問題，白老夫人便讓三房把放出去的利錢收回來。因為逼得太緊，在鄉下鬧出人命，這才引起事端。

事發後，白家族老一邊疏通酉陽那邊、一邊寫信給京城的人，請他們從上頭壓一壓。這事被白淵回知道了，他卻是反其道而行，走了刑部的路子，堅持嚴查。

謝知音低聲告訴李慕歌。「現在祖母被酉陽族老逼得緊，沒辦法交代的話，三房老爺和族裡的兩位長輩便會有牢獄之災。但祖母也查出有人暗中煽動農戶鬧事，懷疑到長房頭上，鬧得很僵。」

李慕歌問了一句。「是你們做的嗎？」

謝知音點頭。「我接手中饋，查帳發現有筆奇怪的收入，暗中查了才知道家裡在放利錢。我跟相公商量，本想關起門來解決這件事，但三房行事太急，逼出命案，相公才狠下心。」

李慕歌思索著。「這件事，你們做得對，可不能讓白家查到實證，不然族老們不會把族長之位交到表哥手上。」

哪怕是正義的事，傷害了家族利益，還是會被家族摒棄。

謝知音道：「相公正在為此事頭疼。」

李慕歌又想了想。「不如趁此機會，讓白家跟霍家徹底翻臉。」

謝知音立時懂了，李慕歌的意思，是要讓霍家揹黑鍋。

她思忖一下，說：「倒是有可行的辦法。」

霍家為了讓白家低頭服軟，故意設計，斷了白家其他生路，道理上是說得通的，只需要「安排」一些蛛絲馬跡，把禍水東引。

李慕歌又問：「燕北的生意失利，利錢這些昧良心的錢也不能再賺，這麼大一家子人的花銷，以後全落到妳和表哥身上，你們想好後面怎麼辦了嗎？」

謝知音說：「我與娘家哥哥商量，打算試試關外生意，派管事去勘察光明關的商市。」

謝家兒子在戶部當差，對朝廷發展商貿的事十分了解，清楚其中的商機。

白家除了珠寶、林業的生意，還賣些香料、文玩，這些貨物不太會受燕北的局勢影響，賣到關外是極好的。

李慕歌又提了一個建議。「最近簡先生寫信給我，想擴建無涯大講堂，但我尋思著，建教舍要錢，請先生要錢，還不一定能解決人多的問題。若能把講堂上討論的內容集結成冊，每月一期或兩月一期，印製售賣，不僅能讓更多的人學到東西，還能補貼書院的開銷。」

謝知音讚許道：「就我所知，已有人在賣手抄本，而且一本難求，應該是有銷路的。這個主意不錯，我回去就跟簡先生商量。」

接著，兩人又關起門說了許多體己話，李慕歌問了他們夫妻的感情，聽說白淵回對謝知音很體貼，這才放心。

不管家裡遇到多少事，只要夫妻齊心就好辦。

送走謝知音後，李慕歌靠在床頭，又理了理白家的事，忽然問環環。「應公公還沒來回話嗎？」

環環說：「大概是為了避嫌，不方便過來。」

熙嬪不敢得罪喻太后，所以鍾粹宮沒人敢來體元殿走動。

李慕歌說：「他再不來，等宮牌全交出去，我就不能安排他告老還鄉了。跟他說一聲，請他務必想辦法來一趟吧。」

環環道：「他自己的事都不急，您養著傷還替他操心，對他也太好了吧。」

關於應公公，李慕歌有些猜測。

最初白家把後宮人脈的名單交給她時，她曾問過應公公的來歷。

白淵回只說，應公公從懿文貴妃入宮時就在她身邊服侍，是個忠僕。

但李慕歌主動向他遞出橄欖枝後，他對李慕歌並沒有太過親近，唯一一次報信，也只說了些李慕貞對雍帝的臆想。

若非因為她通過顧南野去了解雍帝的為人，或許會偏信李慕貞的謠言，疏遠雍帝。

這件事讓她覺得，應公公不是很可靠。

最近幾個月，李慕歌常在養心殿出入，與胡公公走動頻繁，交談也多了起來。

閒聊之際，李慕歌便拿發現四公主越發內向的藉口，向胡公公打聽鍾粹宮的事。

提到鍾粹宮的管事應公公時，胡公公說，應公公很小就被送進宮，曾在御前服侍過先皇。原本先皇要把他留給先太子當大太監，但先太子墜馬暴斃，他就沒了前程。

李慕歌得知這些事，有些訝異。

先太子是喻太后的嫡子，能留給先太子當大太監的人，必定也是深得喻太后信任的。

現在，應公公想出宮養老，不去找喻太后求恩典，卻來找她，可見應公公和喻太后之間，應該是有了隔閡或嫌隙。

如果她能拉攏應公公，以後到了正面對抗喻太后那一天，等於是有了內應和助力。

當日，環環藉著給各位公主送新頭花的由頭，去了鍾粹宮一趟。

隔日，天矇矇亮，應公公就來敲門了。

李慕歌因傷不能下床，直接在內室接見他。

「公公避開眾人來一趟不容易，咱們抓緊工夫，公公就不要再試探我了。」

應公公恭敬地說：「公主說的哪裡話，奴婢哪裡敢試探您？」

李慕歌攤開受傷的手掌。「如今我失了太后娘娘的信任，在宮裡能做的事，一天比一天少，公公再這麼耽擱，以後直接去求太后娘娘的恩典，不用來找我了。不過，公公在宮裡一輩子，知道和不該知道的事，不曉得有多少，不知你的主子肯不肯放你出宮，你說是吧？」

應公公眸光一顫，飛快看李慕歌一眼，又垂下頭。

應公公明面上的主子是熙嬪，但熙嬪無法做主放不放太監出宮的事。

李慕歌說到這個分上，應公公明白，李慕歌知道他真正的主子是誰了。

「三公主果然如眾人說的那般聰慧。既然您知道奴才背後之人是太后，那奴才斗膽問一句，您真能做主放奴才出去嗎？」

這是他最近一直猶豫的事，怕李慕歌答應了他卻做不到，又因此得罪喻太后，那才真是死路一條。

李慕歌淡淡笑了一聲。「以前或許做不到，但眼下有個好時機。太后娘娘不要我天天去養心殿，我若提出想在宮外建公主府搬出去，想必她非常樂見。到時候，公主府要選府臣，你在太后娘娘跟前說一說，送你去我那裡，也是順理成章的事。」

既然喻太后懷疑了李慕歌，就會著手在她身邊安插眼線。

應公公服侍過懿文貴妃，又得到白家信任，必然是最合適的棋子。

應公公聽了，果然很心動，思忖一會兒，終於下定決心。

「公主連路都替奴才鋪好，奴才再不領情，真的就是白眼狼了。」

李慕歌神情自在了些，靠在床頭問：「那公公不如先告訴我，你怎麼突然想告老還鄉？據我所知，你自幼進宮，家人都不知道在哪，若想養老，宮裡也不會虧待你。」

應公公明確表態後，說話直接不少，告訴李慕歌。「奴才再不想辦法出宮，只怕老命就要保不住了。」

李慕歌挑眉，聽他繼續說下去……

「四公主到了出嫁的年紀，只是老奴萬萬沒有想到，她竟閉著眼睛，挑了燕北王世子。更沒想到的是，熙嬪暗中問太后娘娘的意思，太后娘娘竟然默許了。」

李慕歌坐直了身子，確認道：「李慕貞和霍旭？」

應公公點頭。「自四公主聽信了左婕妤的遺言，認為皇上是弒父、弒妻、弒師、弒子的歹毒之人，害怕留在京城會性命不保，所以一心想要遠嫁，尋個靠山。恰巧燕北世子有求娶公主之意，二人一拍即合，已經暗中幽會多次了。」

「幽會？他們哪兒來的機會？」李慕貞分明是大門不出、二門不邁的。

應公公答道：「他們常趁著宮中宴請時，私下見面。」

李慕歌忽然想到了小年夜那次，她和顧南野在宮道上散步，遇到獨行的李慕貞。當時李慕貞分明就是要去哪裡見人，但李慕歌沒多想，也沒有追問。

如今回想起來，她格外氣悶，李慕貞偷偷跟霍旭幽會，有什麼立場嘲諷她和顧南野？

不過，兒女私情並不是重點，重點是，他們的婚事會影響燕北局勢。

李慕歌默想了片刻，問應公公。「他們聯姻，跟公公的性命有什麼關係？」

應公公說：「太后娘娘的意思，是要老奴陪四公主遠嫁燕北，若四駙馬犯了大錯，到時候我們這些做奴才的，只有死路一條。這輩子我都住在宮裡，不想臨到終了，死在他鄉。」

看來，燕北的局勢和霍家的野心，應公公十分清楚，並不想跳進火坑。

按照宮裡規矩，年邁的宮人可以去行宮養老，死後自有宗人府的人替他們安葬。如果宮外有親人，亦可回鄉養老。

應公公一把年紀了，喻太后卻還要他遠走他鄉。

李慕歌問：「皇祖母安排你去燕北，是對燕北有什麼想法，還是對你有什麼安排？」

應公公一愣，表情欽佩。「公主當真敏銳。老奴推測，太后娘娘把老奴打發到燕北，是想在大皇子登基前，將宮裡的老人斬草除根。奴才去後，大概在路上就會『病亡』了。」

李慕歌皺眉，這事怎麼又扯到李佑顯身上了？

應公公似是下定決心，跪下給李慕歌磕了三個頭，投誠般道：「今日老奴告訴公主一件秘密，求公主救老奴一命。」

李慕歌傾身上前，聽應公公說了一件她怎麼也沒有想到的宮中往事，一件與李佑顯身世相關的宮闈秘辛。

聽完之後，她想了半晌都沒有說話。

應公公有些忐忑，正猶豫著該說什麼，便聽李慕歌問道：「慶王的身世，父皇和侯爺知道嗎？」

應公公搖頭。「絕對不知道。當年知道的人都被太后娘娘除掉，連喻皇后都是因此事而死，老奴能僥倖活下來，全靠運氣。」

李慕歌心裡越發沈重，叮囑道：「今日公公同我說的話，要爛到肚子裡。既然你給我獻上這等大禮，我必然會保你性命。」

應公公忠心道：「得了公主這句話，老奴總算能睡個安穩覺了。」

天色大亮，外面的宮人漸漸多起來，李慕歌便讓應公公先回去了。

應公公走後，李慕歌獨自琢磨起喻太后應允霍旭、李慕貞聯姻的事來。

公主下嫁，代表宗室的認可與支持。

燕北王的野心昭然若揭，雍帝拿燕北宣揚商貿新政，便是想試探燕北王的底線和野心。在這個時候，喻太后卻想用賜婚的方式支持燕北，這是打雍帝的臉。也足以見得喻太后對新政的牴觸，竟然不惜以內亂為代價。

牽涉立憲改制的事，李慕歌不敢忽視，加之應公公向她告密的陳年往事也非常重要，便立刻親筆修書，派人送給遠在西北的顧南野。

第六十三章

除卻國事，白家的家事也接連不斷。

四月，林家迎親隊伍進京，白家二房在這天辦送嫁喜宴，喜宴過後，白靈秀就會隨林家南下金陵，五月在金陵完婚。

白淵回知道李慕歌挨罰受傷，原本只是提前知會她一聲，沒請她出宮赴宴。但李慕歌想著，以後見白靈秀就難了，而且傷勢好得差不多，就親自到白家送白靈秀。她來送嫁，無意間給二房添了不少面子。

跟白淵回大婚、白靈婷出嫁相比，白靈秀的婚事簡單多了。一來她不是長子長女，二是夫家跟慶王也不能比，更重要的是，白家的銀錢的確周轉不過來了。

前頭兩場婚事，銀子流水似的花出去，又因白靈婷是王妃，給的陪嫁格外多，遠遠超出預留給她的那一份，所以白靈秀的陪嫁，只有白靈婷的一半。

對於嫁妝不公平的事，白家二房什麼也沒說，倒是謝知音有些看不過去，陪李慕歌吃喜宴時說了兩句。

「……差別太大了，叫人心中不平。幸而林有典誠心誠意求娶，不計較這些，但這事若傳回金陵林家，難免會落人口舌，編排秀妹妹在家中沒地位，豈不是被看輕？」

李慕歌問：「現銀短了，宅子、田產難道拿不出嗎？」

謝知音面色不好看。「祖母拿著二房先前鬧分家的事做文章，不肯動祖產。」

李慕歌嘆了口氣。「眼下白家不由妳做主，等以後家中整頓好，妳再補些給秀妹妹吧。添丁生子，總是有送禮機會的。」

謝知音點頭。「這事我記下，不會委屈秀妹妹的。」

把白靈秀送走後，李慕歌便琢磨起掙錢的事。

她不缺吃穿，但手上除了宮裡每月給的例錢和賞賜，她也沒錢，今天想貼補一點給白靈秀，都拿不出來。

等她自己立府邸，也要置點產業才好。

如此一想，她越發急迫地想要自立門戶了。

挑了個春暖花開的午後，李慕歌去養心殿向雍帝請安。

雍帝問起她的傷勢，捏著她被打傷的掌心看了看，露出心疼神色，但什麼也沒說。

因有事相求，李慕歌一點都不計較受體罰的委屈，道：「父皇別看了，這點小傷沒事的，已經好得差不多。過兩天我就能握筆，到時候又能幫父皇分憂了。」

雍帝問道：「太后打妳打得這麼狠，妳不怕再被打？還敢來？」

李慕歌說：「怕自然是怕的，但事有輕重，國家社稷為重，個人榮辱為輕。不過，兒臣有個想法，也許對社稷有幫助，又能讓兒臣少受點皮肉之苦。」

雍帝聽得有趣。「哦？妳說說看。」

「兒臣想求個賞賜，在宮外自立門戶。這樣的話，兒臣就跟臣子們一樣，依舊進宮分擔政務，但皇祖母就管不著我了，即便特地傳召我去後宮問罪，我也能提前應對。」

雍帝想了想，道：「公主出嫁時賜公主府是慣例，妳的婚事需要再等等，眼下不行。」

李慕歌搖頭。「皇子成年能自立門戶，為什麼公主非得出嫁才行？就是要打破舊例，這樣朝臣和太后娘娘更覺得您將我視同皇子，會更著急。一著急，就容易忍不住動作……」如此就知道哪些人是喻太后的黨羽了。

雍帝讚許地點點頭，先從各種待遇上將皇子、公主一視同仁，才能將一些新政逐漸擴展到其他地方。

雖然答應了，但雍帝將事情壓了一下，說：「妳自立公主府並不是小事，選誰做府臣、帶哪些人出宮，都需要慎重。等顧侯回京，再仔細商議。」

算算日子，顧南野還要兩個月才能回來，拖太久了。

李慕歌說：「侯爺七月才回京，府臣人選能等他回來商議，但可以先把設立公主府的事傳出去，投石問路，看看太后和朝臣的反應。」

雍帝詫異。「顧卿跟妳說七月回來？」

李慕歌點點頭。「是呀，侯爺沒跟您說嗎？」

雍帝沈默了，沒再說話。

李慕歌微微皺起眉頭，心中有些不好的猜想。

顧南野是堂堂工部尚書，外出數月，工部的事如何安排、什麼時候能回來，不可能沒有章程，雍帝怎麼會不知道？

他的反應，像是顧南野此次遠行，並未訂下歸期……

從養心殿出來後，李慕歌直奔禮部去找宋夕元。

宋夕元見李慕歌鐵青著臉來，心中一沈，以為發生了什麼大事。

等到兩人單獨進了議事廳，李慕歌小手重重拍在桌案上，怒道：「你們一個個合起夥來騙我，好玩嗎？刺激嗎？」

宋夕元一看這形勢，以為李慕歌知道顧南野的真正行蹤了，連忙解釋。「公主息怒，侯爺讓大家瞞著您，只是不想讓您擔心。這次的行動，我們計劃周全，做足了準備，絕對萬無一失。」

李慕歌暗驚，還真讓她詐出來了，顧南野果然有事瞞著她！

她依舊繃著臉，冷聲道：「萬無一失？你倒是說說看，你們做了哪些準備，敢保證萬無一失？」

宋夕元道：「五年前，侯爺就在燕北王府中安排了內應，做足準備才北上，西嶺軍也暗中集結，在邊境蓄勢待發。縱然發生最壞的事，我們也能立刻控制住京城的霍旭和霍明媚，換得慶王與侯爺的性命。」

李慕歌的手心一點一點涼了下來。

宋夕元的每一句話，都讓她心驚膽戰。

顧南野跟慶王一起去燕北，在侯府裡安排內應，調了軍隊，還準備人質。

他們到底準備幹什麼？是要跟燕北開戰嗎？還是燕北王要提前造反了？

「到底發生了什麼事？怎麼一下子到了這個地步？」李慕歌心中跟裝了石頭一樣，無比沈重。

宋夕元沈聲道：「在慶王北上之前，朝廷已安排御史前往燕北宣揚新政，但御史一行人走訪山林時，突遇女真偷襲，盡數喪命。這是官府明面上的消息，但侯爺收到內應傳回的密信，說御史大人一行二十餘人，到燕北宣揚新政的第一天，就被燕北王盡數斬殺於堂下。」

燕北王好大的膽子，竟敢斬殺身負皇命的朝廷命官！

李慕歌穩下心情，追問道：「侯爺帶著大皇子去，又是做什麼打算？」

宋夕元默了默，說：「取賊王首級。」

顧南野好大的膽子，居然敢深入敵營，手刃王侯！

李慕歌徹底慌了。

她沒見過燕北王，但她知道燕北王曾在上一世攻入京城皇宮，屠殺皇室，是個與顧南野隔江而治的梟雄。

她曾想過，這一世，他們要怎麼預防燕北王叛亂，要怎麼避免雍朝分崩離析，卻萬萬沒想到，顧南野的辦法如此簡單直接，打算將一世梟雄斬殺於微末間。

她以為這種事需要細細謀劃、長期布局，可顧南野沒跟她商量，隻身一人，就這樣以身犯險去了。

李慕歌捂住自己的臉，長久不語。

她想到顧南野曾對她許諾，不會讓她等很久；也想到顧南野曾對霍明媚放狠話，說會成全霍家不要命的想法。

原來他說的都是真的，他選擇用行動來兌現諾言。

這個人……真的是要她的命！

宋夕元見李慕歌一副崩潰的樣子，勸解道：「我們都知道此行凶險，但侯爺並非衝動莽撞之人。雖然我無法解釋他為何能在五年前便高瞻遠矚地開始布局，但不管是燕北王府內，還是女真族裡，都有他早早培養的內應。加上西嶺軍和慶王手中的虯穹軍，燕北王早已是甕中之鱉。」

李慕歌放下捂著臉的手，沈默點頭。

是啊，前世顧南野跟燕北王鬥了那麼久，重頭再來，怎麼可能不做足準備？

他暗中謀劃了這麼多年，現在打算收網，能有什麼危險呢？

李慕歌吁了口氣，不斷告訴自己，要相信顧南野。

穩定心情之後，她又問宋夕元。「你們看好霍家兄妹了嗎？」這對人質是最後的底牌，也是她現在能幫得到顧南野的地方。

宋夕元說：「放心，范涉水親自帶人日夜潛伏在霍家別院，不會讓他們溜走的。」

沒完全把人扣住，李慕歌依然不放心，忽然想起上一世影響局勢的關鍵人——幫霍旭偷出聖旨的顧盼兒。

「顧盼兒在哪兒？」

宋夕元愣了下，不知道李慕歌的思緒怎麼會一下子跳到顧家的私生女的身上。

「侯爺不肯承認顧老爺的私生子女，但顧老爺癱瘓在床，侯爺就送盼兒姑娘去金陵田莊伺疾了。」

李慕歌又問：「莊上有人看守嗎？不會跑了吧？」

就她看來，顧盼兒不是安分守己的人，讓她在鄉下伺候一個癱瘓老人，怕是不妥。

宋夕元不解。「公主突然這麼擔心盼兒姑娘，是有什麼原因嗎？」

李慕歌不能明說，只含糊道：「盼兒跟霍家有些關係，我怕出了岔子。」

宋夕元訝異不已，不敢忽視，連忙說：「好，我會千里傳書，命金陵的人嚴加防範。」

從禮部出來後，李慕歌眉頭不展。

心懸在空中的感覺，真的很不好受。

李慕歌回到體元殿，一宿無眠，隔日喚應公公來密談。

「平日李慕貞跟霍旭是怎麼聯繫的？」

應公公道：「四公主經常派一個叫含欣的小宮女送禮物給明媚郡主，跟霍世子約會的私信，就夾在禮物中。」

李慕歌想了想，道：「公公幫我一個忙吧……」

京城的霍家別院中，霍旭躺在一張織金地毯上，頭枕著一名美豔舞姬的白嫩大腿，一邊觀賞歌舞、一邊跟跪在地毯旁的下人說話。

跪著的人低聲說：「王爺非常著急，慶王已經抵達燕北，但毅勇侯卻在京城消失，定然有詐。王爺要我們速速打探出他的行蹤，才好決定怎麼應對慶王。」

霍旭皺眉。「父王多慮了，不管毅勇侯在哪裡，肯定不會在燕北。毅勇侯跟慶王一直都是面合心不合，如果毅勇侯真幫慶王吞下燕北這塊肥肉，那毅勇侯的好日子也到頭了，他不會這麼傻。」

下人不敢違命，只得勸道：「王爺許是有別的考慮，世子還是遵照王命找一找吧。」

霍旭不敢忤逆燕北王，雖覺得沒必要，還是說：「那派人去金陵一趟吧，顧家不是有個廢物老頭嗎？老頭子出了事，他這做兒子的，總不能一直不露面吧？」

「是，屬下明白。」

下人猶豫一下，又說：「王妃特地暗中叮囑，請世子酌情提前回去，萬一殺了御史的事洩漏了，怕世子在京城會有危險。」

霍旭對自己的事倒是比較上心，點點頭。「也是，這麼大的事，不知能瞞到什麼時候。父王的氣性也太大了，說殺就殺。不過我宮裡的事快辦成了，這個時候走，前功盡棄，實在可惜。」

他坐起來，摸了摸下巴，忽然不懷好意地笑道：「不過，我可以先把生米煮成熟飯，把鴨子吃到嘴，就不怕她飛了！」

五月端午節轉眼即至，今年白家節省開支沒有設宴，而是由慶王妃做東，在王府擺了端午宴，並在洛水邊搭了觀賽棚，供親友玩樂。

今年的賽龍舟沒有顧南野和白淵回參加，李慕歌興趣缺缺，臨近比賽時辰，才從宮裡過去。

李慕錦和李慕妍跟她同車，李慕錦一上車就抱怨道：「四姊姊真是個古怪性子，明明接了慶王府的請帖，又不跟我們一起去，回頭傳到大皇姊耳中，又要說我們不理四姊姊了。」

李慕歌勉強地勾了下嘴角。「不管她。」

李慕貞當然不會跟她們同行，她已經跟霍旭約好要在端午節私會，去慶王府只是她的出宮藉口。

抵達觀賽棚時，大多數賓客已經到了，熱鬧談笑。

李慕歌跟大家打過招呼後，坐到大公主李慕縵身邊，逗她兒子玩。

比賽開始時，李慕貞的宮女含欣來報信，跟白靈婷說：「四公主的馬車在路上壞了，沒辦法赴宴，讓奴婢前來向王妃告罪，還請見諒。」

白靈婷性子直，直接問道：「壞了？我這裡的車多得是，趕緊派一輛去接。」

含欣臉紅紅的，低頭說：「不必煩勞王妃，四公主已經折返回宮了。」

白靈婷與李慕貞並無私交，也不強求，便道：「那好吧。」

李慕縵在旁聽著，眉頭漸漸皺起，過了一會兒，狀似無意地問李慕歌。「四妹妹怎麼沒跟妳們一起來？又跟五妹妹鬧脾氣了嗎？」

李慕歌沒有回答，露出很為難的神情。

李慕縵發現不對勁，追問道：「這是怎麼了？」

李慕歌這才低聲說：「大皇姊，借一步說話吧。」

李慕縵把兒子交給身邊的嬤嬤，神情凝重地隨李慕歌走到觀賽棚後面。

李慕歌從腰間拿出一張紙條，遞給李慕縵。

「今日，四妹妹應該是去跟燕北王世子私會。」

李慕縵神色陡然一變，飛快看了紙條，又抬頭質問李慕歌。「成何體統！妳既知道此事，怎麼不攔著她？」

李慕歌為難地說：「大皇姊有所不知，我聽說熙嬪有意將四妹妹嫁給霍旭，皇祖母已經知道了，但因朝政的關係，還沒告訴父皇。他們這般情況，我也不知該不該攔，要是說出去，反倒壞了他們的姻緣，該怎麼辦？」

「這個熙嬪！」李慕縵氣得不得了。「那霍旭就是個流氓胚子，怎麼能把四妹妹嫁給他？妳們在宮裡有所不知，霍家兄妹在京城沒人管，整天胡作非為。哪個勾欄，霍旭沒去廝混過，屋裡還養了一群不正經的！連霍明媚都養了兩個面首，妳說說這是什麼骯髒人家！」

李慕歌被霍明媚養面首的消息嚇到，驚訝得嘴巴都合不攏了。

李慕縵見她真不知情的樣子，沒再怪她，只是著急地拿著紙條說：「霍旭約四妹妹在蒲香園見面，她怎麼敢去這種地方！」

聽李慕縵痛心疾首的口氣，蒲香園應該是個不正經的地方。

李慕縵顧忌著李慕歌也是未出閣的姑娘家，有些話不能多說，只叮囑道：「四妹妹的事，妳不可再跟別人說，我來處置。」

眼看李慕縵就要去抓人，李慕歌連忙拉住她。

「大皇姊，妳就自己去嗎？霍旭身邊有燕北護衛，若他真的胡來，妳孤身前往，太危險了，帶上京軍衛吧。」

今日來看賽龍舟，幾位從宮裡出來的公主帶了一行侍衛。

李慕縵有些猶豫，擔心李慕貞做了醜事，被侍衛看到太丟臉。

李慕歌道：「蒲香園好像不是什麼好地方，霍旭更不是好人，大皇姊帶上侍衛，以防萬一吧。」

李慕縵也沒去過那些亂七八糟的地方，心裡有些不安，便點頭答應。

李慕歌喊來馮虎，命她護送李慕縵趕去蒲香園。

第六十四章

李慕縵這一去一直沒回來，直到眾人去慶王府吃完午飯，還沒任何消息。

白靈婷向李慕歌打聽。「大公主走得那麼急，還帶走妳的護衛，到底出了什麼事？」

在事情塵埃落定之前，李慕歌不好亂說話，含糊道：「我也不清楚，或許等會兒就有消息。」

白靈婷沒問到想聽的，心裡癢癢，拉著李慕歌。「妳是不是跟我生分了？」

李慕歌沒辦法，只得說：「是四公主。她沒回宮，好像遇到了一些事。」

白靈婷立刻嚴肅起來，畢竟人是她請的，雖然沒到慶王府，但若在路上出事，也跟她有干係。

「在哪兒出事的？長公主帶人去了半天，怎麼還沒消息？我派人去問問吧。」

她正說著，喻太后身邊的鄭嬤嬤來到了慶王府。

鄭嬤嬤鐵青著臉，跟李慕歌說：「三公主，太后娘娘請幾位公主速速回宮。」

李慕歌沒多問，叫上李慕錦、李慕妍回宮去了。

回宮後，鄭嬤嬤並沒有帶她們去慈寧宮，而是親自送三位公主回自己的住處，什麼也沒多說。

等鄭嬤嬤走後，李慕歌立刻讓環環去找馮虎打聽，看鄭嬤嬤的樣子，只怕是出了大事。

環環打聽消息回來，稟報道：「霍旭被京軍衛抓回宮，現在關押在宗人府，馮虎帶人親自看著。四公主被帶去慈寧宮問話。」

能讓京軍衛直接動手抓人，就不僅是男女私會這麼簡單了。

李慕歌追問。「現在四妹妹如何了？」

環環搖頭。「只知道是醉著被人抬回來的。」

李慕歌心裡一涼，不好的猜想越發明顯。

不過霍旭被抓起來，她就安下心。不管燕北發生什麼事，她在京城都有人質能威脅燕北王了。

李慕歌回宮沒多久，李慕縵就來體元殿找她，一進門，便打發宮女們退下。

殿門剛闔上，李慕縵便用手帕掩嘴，哭了起來，哽咽著小聲道：「四妹妹……被霍旭糟蹋了。」

真就到了這一步？

「是兩情相悅，還是……」李慕歌驚疑不定。

李慕縵擦著淚水。「霍旭灌醉四妹妹，我去晚了一步。我質問他時，他一口咬定，說是四妹妹投懷送抱，還說有來往情書為證。可是，剛剛四妹妹醒來，知道發生什麼事後，一心要尋死。」

發生這種事，又疑似兩情相悅，到底是自願、強迫，還是半推半就，可就扯不清了啊。

礙著兩人的身分和皇家體面，李慕歌猜想，喻太后會強行壓下醜事，讓他們成婚。

但燕北局勢不明，李慕歌不想讓這件事這麼快被壓下來，至少要把霍旭關押到顧南野平安回京才行。

李慕歌問李慕縵。「皇祖母打算怎麼處理？」

李慕縵說：「皇祖母氣壞了，罵四妹妹不知廉恥，並將熙嬪喊過去責問，說要重罰。至於霍旭那邊，定要他娶四妹妹的。」

李慕歌滿頭霧水。「讓霍旭娶她就解決了？」

受害者受罰，加害者卻安然無恙？只怕這就是霍旭想要的。

李慕縵嘆氣。「能怎麼辦呢？他們本就在議婚，遲早要在一起，若真的將霍旭問罪，以後四妹妹就嫁不出去了。」

李慕歌懂了，難怪霍旭敢對李慕貞下手，這是吃定了喻太后。

雍朝女性的獨立意識尚未覺醒，李慕歌覺得沒必要跟李慕縵爭論這個，不過還是有該堅持的事。

「不管最後他們成不成婚，此時此刻，必須讓霍旭為這件事付出代價。不然容得他這麼輕賤四妹妹，等四妹妹嫁過去，能過什麼好日子？」

李慕縵點頭。「這是自然，他想從宗人府出來，沒那麼容易。」

霍旭剛剛被抓，第二天宋夕元就告訴李慕歌，昨夜霍明媚連夜逃出京城了。

「有我們的人跟著，等她靠近燕北邊境，就會動手扣下她。」

宋夕元又告訴她，雍帝把提前設立公主府的差事安排給禮部，禮部報了幾個選址去三臺六部，果然一石掀起千層浪，御史們紛紛上摺子參李慕歌。

因被喻太后盯著，李慕歌有段日子沒去養心殿看奏摺了。

想到雍帝手上有一堆彈劾她的奏摺，但她一點也不慌，這感覺還挺奇妙的。

不知道顧南野當初被百官告狀時，是不是跟現在的她一樣，這麼肆無忌憚？

李慕歌不問是誰彈劾她，只是笑著道：「選了哪幾個地方？要離侯府近一點。」

宋夕元也笑。「那是自然。公主府的位置，侯爺早在提親時就看了，幾個好的地方，都打招呼留了下來。」

李慕歌心裡甜甜的，沒想到顧南野一聲不吭，早在安排這些瑣碎的事，默默為兩人未來的生活做打算。

如此一想，她更加思念顧南野。

思念之後便是擔憂，她問宋夕元。「侯爺那邊有什麼新消息嗎？」

宋夕元沈默了。

從顧南野暗中陪同李佑顯去燕北開始，每天都會有消息傳回來，京城每天也會有消息送過去。近一個月，從未間斷。

但這陣子，宋夕元已經近三天沒有收到顧南野的消息。

燕北跟京城斷了音訊。

李慕歌漸漸挺直肩背，神情變得嚴肅，靜靜望著宋夕元，等著他開口。

宋夕元在她的注視下，喉頭不由滾動一下，手一顫，緊張起來。

這種陌生的感覺，讓他立時清醒。

李慕歌早已不是躲在顧府中的孤女，進宮日久，又涉政數月，身上已有不同於一般姑娘家的逼人氣勢。

「回公主，侯爺已與京城失去聯繫三日。不過公主勿憂，這些情況，侯爺早有盤算。」

李慕歌的手在袖中捏緊，神色鎮定，只問：「侯爺如何盤算的？」

宋夕元轉身走向門口，叮囑環環看好門外，再關上門窗，靠近李慕歌身前，低聲複述顧南野最近一次的來信。

「侯爺得知慶王的身世後，決定將真相告訴慶王。慶王知道後，必不敢回京，可能會有兩種選擇，與燕北王聯手謀反，或是潛逃。」

李慕歌聽到一半，便震驚地站起來，原地轉了兩步，又坐回去。

「你繼續說。」

「若慶王選擇謀反，侯爺會趁此機會，同時除掉燕北王和慶王；若慶王潛逃，侯爺則利用慶王失蹤一事，對燕北發難。」

宋夕元簡要地將顧南野的安排說完，望著李慕歌。「侯爺說，如果他失去消息，讓我把這些話告訴您，命我們聽您的吩咐行事。」

李慕歌側坐在椅子上，握著把手，面上浮現怒色。

顧南野在下一盤好大的棋，而且還是把自己置於危險境地的一盤棋！

更可惡的是，他獨自繪好棋譜，根本不同她商量！

宋夕元小心地打量她的神色，試探道：「殿下……」

李慕歌閉上眼睛，無奈道：「我知道了，我會按照侯爺的計劃行事。」

夏至，西嶺軍八百里加急軍報送到京城。

這封軍報呈的不是戰事，而是死訊。

慶王的車駕在燕山遇泥石流，一行三十人，無一生還。

喻太后聽聞消息，當場暈厥過去。

後宮妃嬪和公主們趕到慈寧宮，跪倒在喻太后床前，哭成一團。

李慕歌也趕過來，安排太醫替喻太后扎針，指揮慌亂的宮女們幫忙順氣。

喻太后悠悠醒轉，一眼看到站在眾人前的李慕歌，喘著氣坐起身，直勾勾地瞪著她。

「妳過來。」

李慕歌以為喻太后有話要跟她說，連忙走到床邊，俯身過去。

啪！

喻太后一巴掌搧到李慕歌臉上，聲音響徹殿宇，嚇得屋裡的人都不敢哭了。

李慕歌完全懵了，伸手去碰痛得發麻的嘴角，手指上沾滿了血。

「皇祖母？」李慕歌的耳朵嗡嗡響，有些聽不清自己的說話聲。

喻太后表情猙獰，完全不像個剛剛昏厥的老人，吼道：「都是因為妳！妳這個喪門星，哀家是絕不會讓你們得逞的！」

李慕歌從床邊站起來，遠離幾步。

她冷靜地拿出手絹，壓住流血的嘴角，垂眸看看屋裡的妃嬪和公主，冷聲道：「妳們都出去。」

安美人拉著李慕錦和李慕妍退下，熙嬪、向婕妤緊隨其後，只有喻太后器重的褚良人、王良人還猶豫地留在屋裡。

李慕歌眉頭微皺，瞥向她們。「滾。」

兩人肩膀一縮，偷看喻太后。

喻太后又怒又悲，完全沒管她們，兩人只好趕緊起身離開。

環環端茶給李慕歌漱口，再端著滿是血水的杯子走出去，正要關門讓李慕歌和喻太后密談，雍帝卻來了。

雍帝先是看到茶杯中的血，又看到李慕歌臉上的印子，略帶責備地對喻太后說：「母后，顯兒出了這樣的意外，誰都沒想到，您何必拿歌兒撒氣？」

喻太后聽到雍帝的聲音，更為激動，扶著床頭，指向雍帝。

「你還有臉來見哀家！你故意把顯兒送去燕北這個虎狼之地，就是為了借燕北王的手除掉他。現在你如意了，還敢到哀家面前來惺惺作態？我告訴你，你得意早了！你的皇位是哀家給你的，哀家能讓你坐上去，也能讓你跌下來！」

「太后！」雍帝痛心疾首。「朕知道您悲傷過度，但也不能如此口不擇言。顯兒是朕的兒子，虎毒不食子，朕怎麼會無緣無故送他去死？」

喻太后冷笑。「顯兒都死了，你還在裝？你真是會裝啊，裝了二十年懦弱無能，將哀家和朝臣們哄得團團轉，你果然什麼都知道了！」

雍帝的眼眶微紅，李佑顯的死訊也使他深受打擊，但聽聞慈寧宮出事，還是強撐著身子過來，沒想到就被喻太后這樣一頓罵。

李慕歌看不下去了，原打算替喻太后留幾分餘地，跟她私下談談，但現在覺得，這些事有必要也讓雍帝知道了。

她對雍帝道：「父皇，兒臣有一要事相稟。」

雍帝煩躁地說：「有什麼事，以後再講。」

李慕歌回答：「是急得不能再急的要事。」

雍帝不解地望向她。

李慕歌沒看他，而是盯著喻太后。「皇祖母，這回您可冤枉我父皇了，他的確不知道慶王的真實身分，更不可能是有意加害慶王。」

一句話將雍帝和喻太后的心提到了嗓子眼。

雍帝聲音微顫。「歌兒，此話何意?!」

李慕歌回身，對雍帝說：「您當太后娘娘為什麼如此偏愛慶王，只因慶王是她貼身宮女所生的皇長子？您被騙了，慶王是太后娘娘的親孫子，是先太子的遺腹子。他不是您的兒子，而是姪子。太后娘娘以為您知道了這件事，所以遲遲不肯立慶王為儲君，還故意派他去燕北送死。」

雍帝臉上漸漸浮出青色，像是氣堵在胸口吐不出一樣，憤怒至極。

良久，他才憋出一句話，問喻太后。「當真？」

慶王的死，讓喻太后失去唯一的希望，帶著哭意笑了。

「當然是真的，不然哀家怎會容忍你這樣的廢物坐在皇位上二十年，這龍椅是哀家兒子的！哀家一直盼著顯兒長大，盼著他順理成章地登基，坐上他父親沒來得及坐上的皇位。可你怎麼就這樣多事呢？立憲改制？公主輔政？你們別癡心妄想了，哀家不該心慈手軟，早該廢了你這個庸帝！」

「嘩啦」一陣聲響，桌子被雍帝掀翻了。

喻太后一點也不怕，得意地看著雍帝。「你生氣了？你生氣又能把哀家怎麼樣？你想殺了哀家嗎？動手吧，只要你動手，就是遺臭萬年的弒父、弒師、弒妻、弒兄、弒子，如今又弒母的暴君！哀家要讓你被唾罵千萬年，死後被人挫骨揚灰，這是你的報應，是你殺我兒子的報應！」

一口鮮血從雍帝口中噴出，他含著血，痛苦道：「朕沒有……不是朕……」

話未說完，他已搖晃著向後倒下——

彷彿是一夜之間，京城變天了。

慶王死了，喻太后和雍帝病倒。

朝臣們惶惶不安，一邊打聽雍帝的病情，一邊小心翼翼地試探向閣老，是否要請雍帝早日立三皇子為儲君，以防萬一。

曝曬的烈日下，京城悶熱得讓人喘不過氣來。

李慕歌在養心殿裡親自為雍帝打扇子，盯著何太醫幫雍帝治病。

針灸過後，雍帝幽幽醒轉。

他的嗓子中帶著氣音，沈重呼吸幾聲，看到李慕歌，又想起吐血前的事，聲音嘶啞地問：「妳如何知道的？」

李慕歌曉得雍帝肯定會問，早喚了應公公在養心殿外候著。

她將人傳進來，應公公便跪在御前，說出當年往事。

「……柯良人原是太后身前的大宮女，因時常替太后給先太子送吃食和衣物，暗中與先太子有染。在先太子墜馬去世後，柯良人發現自己懷了身孕，這在宮中是要丟掉性命的，她為了活命，遂生出一計，去求太后娘娘的恩典，成了您的妃嬪。

「後來，她順利侍寢，並誕下大皇子，可喻皇后容不得她，柯良人只好把皇長子的身世告訴太后和皇后，以求庇護。但太后娘娘為保守這個秘密，將喻皇后和柯良人毒殺了。」

雍帝聽完後，閉眼靠在床上，又是半天緩不過神來。

喻皇后是喻太后殺的，喻太后卻誣陷是他為了宋長樂而殺的，逼得宋長樂不得不倉皇下嫁顧家。

李慕歌望著日漸消瘦的雍帝，心裡也替他憋屈。

先帝、宋勿、喻皇后、左婕妤、先太子、李佑顯……沒有一個是雍帝殺的，責任卻全要他扛。

至尊無上的人，真能扛得住這麼多委屈嗎？

她不忍心。

李慕歌讓應公公退下後，在雍帝耳邊小聲說：「女兒得到消息，慶王沒有死。他知道自己的身世後，嚇得不敢回京，逃到蚪穹，顧侯便藉著這個機會向燕北發難，正好逼太后黨現身。您不要太往心裡去了。」

雍帝這才鬆了口氣。

雖然他不疼愛李佑顯，但畢竟當成兒子養了二十年，要是真的死了，怎會不難過？知道真相之後，雍帝喝了藥，終於能安穩睡去。

可此時此刻的前朝，已是波詭雲譎。

李佑顯的死訊讓白家頗受打擊，白靈婷哭昏在慶王府，被陶氏接回去照料。

白老夫人原以為大房自顧不暇，必然沒有精力再管三房放利錢的案子，孰料白淵回不僅催促刑部的人辦案，還鼓動著族老們捨棄白家在燕北的產業。

白花花的銀子就這麼不要了，白老夫人無論如何都不肯，但族老們覺得，燕北要出大事，不可為了貪戀錢財，讓整個家族陷入絕境。

白老夫人聽了，提議分家，讓三房帶著燕北的產業分出去。

這個主意，白淵回並不反對，但他要求白老夫人跟著三房一起回酉陽老家經營產業，不要留在京城招惹是非。

刑部的案子要查到白以誠頭上了，他本就想回老家躲一躲，這主意正合他意，便替白老夫人做主，連夜跟三房回酉陽去。

與此同時，向家也召集家族，密談立儲之事。

慶王意外身死，二皇子被圈禁，四皇子沒了母親，被教養嬤嬤養在宗人府，人選只剩養在向婕妤身邊的三皇子，雖然他的生母被廢，但比較之下，還是他最有資格繼承皇位。

向家人躍躍欲試，但向婕妤卻把李佑翔守得緊緊地，不許他見任何外臣，並給向家寫了張字條。

唯聖意爾。

她只聽雍帝的意思。

向閣老眉頭緊鎖，額頭上的紋路多了好幾層，跟向家幾位股肱商議。

「若如我們所想，只有三皇子有資格，那我們急什麼？該是我們的，自然就是我們的。要是著急，前有大皇子、二皇子為鑑，難道還要重蹈覆轍？現在只怕，皇上沒打算在皇子裡面選儲君！」

另一人道：「莫非真是要牝雞司晨？」

向閣老點頭。「賜公主府的聖旨已經擬下，太玄公主尚未出閣，便要自立門戶，你們以為皇上是什麼意思？」

大家議論紛紛，都說絕對不行。

向閣老道：「為今之計，只有支持立憲改制，三皇子才有更大的勝算。」

立憲改制後，對身處皇位之人的能力並無過多要求，只要能得到朝臣和宗室的支持，有出色的內閣大臣即可。

這很適合李佑翔，既彌補他能力的不足，又有向家和宗室為後盾。

多次商議，向家終於決定，不參與立儲之爭，而是跟士林一起，力推立憲改制。

第六十五章

自從喻太后徹底跟雍帝撕破臉後，便有些肆無忌憚。

她掌握皇家宗室多年，又暗中散播雍帝弒親的謠言，如今四處跟人說慶王是雍帝殺的，竟有許多人相信。

非議雍帝德不配位的言論，漸漸多了起來。幾位宗室王爺，也開始頻繁走動。

五月底最後一次朝會上，雍帝拖著病軀上朝，正式提出要改變祖制，提議立李慕歌為皇太女，繼承社稷大統。

群臣頓時跪倒一片，九成的人都反對，但以向閣老為首的改制派，則擁護立憲改制。

而支持御史臺喻御史的守舊派，則把康王推到人前，說康王將封地治理得風調雨順，有治世之才。與其立皇太女，不如考慮兄傳弟，這也是有前例的。

康王是雍帝的堂弟，也是雍帝繼位之初，喻太后想改立新帝的人選之一。

當年，雍帝平復喻太后廢帝風波後，並沒有為難康王，還在魯地擇了大片封地給他。

雍帝沒有當場斥責喻御史，而是面無表情地說：「康王是否願意擔當大任，朕需要與他商議。」又道：「傳旨，宣康王進京議政。」

一道聖旨降下，喻大人才發現，自己上當了！

康王收到聖旨，他到底來，還是不來呢？

除了改制派、守舊派，難得的是葛錚站出來，率領朝堂上的新起之秀，支持雍帝封皇太女，稱為革新派。

朝中勢力分裂為三派，爭論不休。

李慕歌身處漩渦中心，但為難的不是她，而是白家。

白家身為太玄公主的外家，此刻被改制派和守舊派瘋狂攻訐。

白家三房放高利貸逼死百姓的事被翻出，死者遺下的孤兒被守舊派接到京中，敲了登聞鼓，告起白家的御狀。

幸虧白淵回早有準備，刑部扣下白三爺審案，牽連不到李慕歌身上，無法參她仗勢欺人、以權謀私。

雍帝接到御狀，不過說了句「著刑部依法審理」就打發了。

藉著這波勢頭，白家飛快分家，三房如棄屣般被拋棄，白以誠和白老夫人也在族老們的逼迫下，正式交出家主之位，由大房老爺繼承。

白淵回的父親是個五品侍講，一輩子都在吊書袋，如今掛個家主之位，不過是替兒子占個虛位。

陶氏又一心照顧新喪的白靈婷，家中大小事情，全落在白淵回和謝知音頭上。

李慕歌聽說了白家的進展，半開玩笑地對謝知音說：「倒要謝謝御史大人們。」

謝知音苦笑。「也是，不然族老們沒這麼快答應交出家主之位。」

李慕歌收回玩笑神色，道：「現在妳已當家，要助著表哥，快將白家那些爛帳整理清楚。尤其是燕北的產業，能充公的都充公，眼下日子或許難些，但總會好起來的。」

謝知音點頭。「已經著手在處理，只是聽夫君說，此時進出燕北實在困難，西嶺軍、虯穹軍和燕北軍對峙的形勢非常緊張，事情難辦。」

說起這個，李慕歌嘆了口氣。

顧南野依然沒有音訊。

她暗自吞下擔憂，轉而問：「白靈婷好些了嗎？」

謝知音道：「正要同您說她的事。」

這次謝知音進宮拜見李慕歌，外人以為白家派她進宮求情，但她其實是特地為白靈婷走這一趟。

「瞧著像是有了身孕，但此事干係重大，我和婆母不敢請太醫，誰都沒有說。」

新婚第三天，李佑顯便去燕北，如果白靈婷有孕，還真是運氣好，亦會影響朝中形勢。

李慕歌不敢輕視，親自請了太醫院的何太醫一起出宮，去了白家。

自接到李佑顯的死訊後，白靈婷便傷心臥床，被陶氏接回白家休養。

白家亂成一團，除了親自照顧她的陶氏，並沒有引起別人的注意。
何太醫請脈之後，非常確切地說：「恭喜王妃，您有了身孕，已經三個月。」
白靈婷神色有些慌張，也有些驚喜，但更多的是無措，沒了平日的跋扈。
她看看母親陶氏，又看看長嫂謝知音，最後目光落到李慕歌身上，有些虛弱地說：「沒想到我這麼命苦，這叫我們母子怎麼辦……」說完又哭了起來。
李慕歌讓陶氏和謝知音先安慰白靈婷，親自送何太醫出門。
出府路上，她叮囑何太醫。「太后和父皇因慶王薨逝，深受打擊，如今慶王妃懷有身孕，雖是喜事，但在孩子平安生下之前，都不可讓外人知道，以免孩子出了意外，再讓太后和父皇傷心。」
何太醫在宮中行醫，有些事情不說就明白，得了李慕歌的叮囑，保證道：「公主所言極是，慶王妃的心情和身體都不穩定，胎象並不好，這事的確不宜張揚，還是先好好安胎。」
李慕歌點頭，這才返回屋內。
此時，白靈婷的情緒已經穩定下來。
李慕歌請陶氏親自去盯著廚房的人熬補藥，陶氏也很擔心這個外孫，匆匆去了。
謝知音也準備迴避，但李慕歌讓她留下。
白靈婷難得聰明一次，問道：「妳把我娘打發走，是要說什麼？」隱隱擔心李慕歌要她把孩子打掉，畢竟這個孩子是皇長孫，會影響她做皇太女。

李慕歌道：「自然是要好好說說妳肚子裡的孩子。他是妳的保命符，也是妳的催命符，只看妳怎麼想、怎麼做。」

白靈婷瞬間緊張起來。「怎、怎麼就成催命符了？」

李慕歌嚴肅地說：「其實慶王沒有死，而是叛逃了。妳覺得，朝廷會怎麼對待叛國賊的妻兒？」

白靈婷驚呼出聲。「不可能！」

連一向鎮定的謝知音也震驚地扶住床頭的雕花欄。

李慕歌靜靜地看著白靈婷。「我沒有跟妳開玩笑，慶王逃到蚼穹去了。」

白靈婷雙手抓緊被子，顫抖著問：「為什麼？是不是燕北王在追殺他？還是……還是妳要殺他？」

李慕歌搖搖頭，把李佑顯是先太子遺腹子的事說出來。

「……慶王知道自己的身世之後，嚇得連夜潛逃，如今連侯爺也不知他躲到哪裡。為了逼燕北王交出王權，侯爺才假傳死訊回京，沒想到又引出太后犯亂之心。

「妳懷的是太后的親曾孫，若讓她知道這個孩子的存在，必定會留子去母，拿這個孩子大做文章。但也因為這個孩子，我們也有籌碼跟太后好好談一談。」

事關自己生死，白靈婷的腦袋轉得很快。

如今喻太后以為親孫子死了，沒了任何顧忌，一心只想把雍帝拉下王座，絕不讓李慕歌覬覦皇位。

可她若知道自己有了親曾孫，為讓曾孫能順理成章地繼承皇位，反而會保住雍帝的位置，不再作亂。

但這樣一來，白靈婷就會淪為喻太后的傀儡，一旦生下孩子，便可能活不了了。

「我不要，我不能要這個孩子！」白靈婷突然聲嘶力竭地喊道。

沒有這個孩子，不管慶王死不死、叛不叛變，她都只是個棄婦，這些事跟她沒關係。

李慕歌失望地嘆氣。「這是妳的孩子，妳當真忍心？」

白靈婷搖著頭。「不忍心能怎麼辦？讓他生下來便活在煉獄中嗎？」

李慕歌說：「信我就不會。」

白靈婷氣道：「妳還要騙我？妳知道慶王身世，卻騙我嫁給慶王，將我當棋子利用，又想利用我的孩子！」

她越說，語氣越癲狂，李慕歌的眼神也隨之越來越冷，最後收起關切神情，冷冷一笑。

「若說起利用，妳又何嘗不是想利用我和顧侯圓妳的皇后美夢？人生在世，萬般皆是交易，一時盈虧，就逼得妳想撕契毀約嗎？」

白靈婷頭皮一緊。

她只考慮到喻太后會要她性命，現在才發現，李慕歌和顧南野也不會輕易放過她。

兩人劍拔弩張，氣氛極為緊張。

謝知音見狀，出聲道：「公主，王妃，我有幾句話想說。」

李慕歌點頭，看向她。

「在皇上提出要封皇太女的那一刻起，公主、白家與王妃，都沒了退路。要是讓康王或三皇子登基，咱們只有一死。

「所以，不管太后如何、慶王如何，王妃都是要跟咱們站在一起。這種時候，可不要再說傷心賭氣的話了。」

剛剛白靈婷被李慕歌嚇到，現在只是聽著謝知音說，不敢回嘴。

謝知音又道：「至於慶王，不管真死還是假死，他還是『死』了比較好，不然王妃腹中的孩子，就是先太子之孫、叛王之子，這命運也太苦了。唯有慶王『死』了，你們母子才能有個乾乾淨淨的身世，再得公主庇佑，此生還有什麼憂愁？

「再說太后，如今她認定慶王是皇上和公主所害，一心想要報仇，毫無顧忌，妳肚中的孩子是唯一能拿捏她的把柄。縱然有風險，王妃也得試一試，才能換得以後的平安。」

謝知音跟李慕歌想到一處，李慕歌的神情因此緩和不少，還好身邊有個頭腦清醒的人。

李慕歌放輕了口氣，繼續跟白靈婷細說。

「雖然慶王逃去虯穹，但虯穹公主在我們手上，若我拿朵丹去跟虯穹要人，妳覺得我會找不到慶王嗎？等侯爺抓到慶王，太后就不能再囂張。但我沒有急著這樣做，是在為妳考慮，不然等慶王遣返回朝，妳只能跟著一起被幽禁。現在，妳有了孩子，孩子能代替慶王去掣肘太后，所以他也是妳的救命符。」

白靈婷有些失了主意，只能順著她的話問：「那妳的意思是，要殺了慶王，再用我的孩子去要脅太后？」

問出這話時，她還覺得有些難以置信，沒想到李慕歌會這麼狠。

更讓她沒想到的是，李慕歌竟然點頭承認了。

要慶王「死」，有很多辦法，不一定非要他的命，但李慕歌不打算跟白靈婷說這些，以免她破壞計劃。

需要考慮的太多，白靈婷一時拿不定主意，囁嚅道：「我、我要想一想。」

李慕歌怕消息走漏，再生變數，逼她道：「燕北和朝中的形勢一日三變，沒有工夫再考慮了。」

白靈婷將手掌覆在自己的小腹上，咬著嘴唇，終於道：「我聽妳的。」

李慕歌又問：「朵丹房裡有妳的眼線吧？」

慶王府後宅爭鬥，李慕歌相信，白靈婷肯定有在朵丹身邊安插自己的人。

白靈婷點頭，說了一個丫鬟的名字。

李慕歌聽後，立刻去了慶王府。

在宗人府和禮部忙於準備人手跟喪儀去燕北尋回慶王遺體時，慶王府爆出一件大案。慶王妃告狀，說蚪穹公主朵丹夥同燕北王謀害慶王，有蚪穹細作和王府丫鬟作證。

慶王之死，從一場意外變成一場謀害，案情瞬間複雜起來。

因慶王出發之前，身邊帶了蚪穹親隨，所以被謀害的事，看起來更為真切。

喻太后知曉後，要求立刻親自提審朵丹，但朵丹卻在進宮的路上逃了。

蚪穹公主的出逃，彷彿印證了他們謀害慶王的事實，一時間，守舊派中討伐蚪穹的聲音高漲，但也有一些主和之臣，不建議在儲君未定的情況下開戰。

守舊派一分為二，主戰與主和爭吵不休，喻太后和宗室之間漸漸出現分歧。

六月，每次上朝，各派只爭論兩件事：立誰為儲君，打不打蚪穹。

一整個月都沒有議出高下，燕北再傳急報——燕北王薨了！

根據急報所述，燕北王是在親自入山搜尋慶王遺體時，中了女真族的埋伏，遇襲身亡。

這下，宗室們又開始吵著要對女真出兵。

顧南野的密信和急報是一起送進宮的，李慕歌展開信時，手是顫抖的，生怕看到任何不好的消息。

看完信，她懸了一個多月的心終於放下。顧南野沒事，寄出信那天，已啟程南下。

李慕歌扳著指頭算，顧南野果真如他所言，能在七夕之前回京，陪她過節。

她沈重了數月的心情終於放晴，特地抽一天出宮去陪顧夫人。

就在李慕歌以為顧南野很快便能回來時，金陵傳來噩耗，顧老爺病故。

顧夫人聞訊後，立刻收拾行裝要趕回金陵，但送信來的宋夕元卻跪在侯府院中請罪。

「姑父過世，全是我的錯！」

李慕歌和顧夫人都不解。

宋夕元說：「公主早提醒過我，要注意顧盼兒，她可能跟燕北有勾結。我命田莊之人增派人手嚴加護衛，但沒有料到，顧盼兒會親手害死姑父。」

哪怕前世幫霍旭偷了聖旨，顧盼兒還是個小女孩，現在聽宋夕元說她殺了自己的父親，李慕歌依然不敢相信。

「她怎麼做的？」

宋夕元說：「毒蛇。」

中風在床的顧老爺被私生女放毒蛇咬死，可想而知，臨死前有多麼絕望。

顧夫人聽完之後，有些緩不過神。

當初顧南野把顧盼兒從撫恤司接出來，送到顧家田莊照顧顧老爺時，顧夫人原是不答應他這麼做的。

她不願顧老爺的私生子女進顧家，怕替顧南野帶來添不盡的麻煩。

但顧南野勸她，說他們母子如今在京城久居，金陵那邊只有顧老爺一個癱瘓之人，不要再與他計較。

顧夫人本就不是狠心之人，她跟私生子女劃開界線，更多是為顧南野考慮。既然兒子要放父親一馬，就沒多阻攔了。

可萬萬沒想到，顧老爺竟死在私生女的手上。

「這又是為了什麼？」顧夫人問宋夕元。

宋夕元說：「顧盼兒的生母蘭娘收了燕北的錢，哄騙顧盼兒，只要顧老爺死了，就接她回去。」

燕北王到底怎麼死的，京城的人或許不知道真相，但燕北王府的人已經查清楚。是顧南野將燕北王進山的消息傳給女真族的。

在燕北王遭埋伏薨逝後，燕北對顧南野展開報復，第一個便是以其人之道還治其人之身，要謀害顧南野的父親。

知曉了這些，顧夫人對宋夕元說：「老爺的死不怪你，你不必自責，快起來吧。」說著，又讓辛嬤嬤安排馬車，準備回金陵奔喪。

李慕歌見狀，心中大驚，連忙阻攔。「如果燕北真要為燕北王報仇，夫人也很危險，哪兒都不能去，萬事等侯爺回來再說。」又問宋夕元。「顧老爺過世的消息，是不是送去給侯爺了？」

宋夕元頷首。

李慕歌覺得更糟糕了。

顧南野收到消息，肯定要回金陵奔喪。

這讓她有種調虎離山的感覺，心裡越發不安。

她努力沈靜下來，梳理燕北各條線的線索，問道：「如今燕北是燕王妃當家嗎？」

宋夕元回答：「是，燕王妃頗有威信，且霍旭還活著，她的主母地位不會變。」

「對，霍旭。燕北王死了，他們的當務之急，就是要把霍旭接回燕北，繼承王位。」

端午節時，霍旭非禮李慕貞，宗室把他扣押在宗人府。喻太后對此事的決斷是——待霍旭繼承王位時，再放他歸燕，並迎娶四公主為正妃。

原以為這還要等很多年，沒想到燕北王就這麼死了。得依約放霍旭回去。

李慕歌對顧夫人說：「在侯爺回京之前，您進宮陪我住幾天吧。」

之前向氏為什麼被貶，顧夫人有所耳聞，對進宮有些顧慮，說：「侯府很安全，就不必了吧。」

李慕歌堅持。「金陵田莊也很安全，但還是讓燕賊找到了機會。我們不能坐以待斃。」

宋夕元才在顧老爺的事情上有疏忽，此時謹慎為上，也勸道：「在收到侯爺傳信之前，您還是隨公主一道入宮，暫住兩天吧。」

顧夫人拗不過兩人，只得依言行事。

進了宮，李慕歌便向喻太后和雍帝稟報，說顧夫人喪夫，悲傷過度，侯府無人照料，先由她接回宮照顧兩天。

雍帝知道這事後，還特地來體元殿一趟，勸慰她不要太過傷心，保重身體。

喻太后則派人來責問，毅勇侯府的人與她是什麼關係？竟敢要公主照料。

李慕歌與喻太后徹底撕破臉後，倒也不怕她，直接派人回話，說這話問得極好，她和毅勇侯的婚事，是該進行了。

這事又將朝廷紛爭推波助瀾一番。

改制派和守舊派難得意見一致，都說毅勇侯擅權自專，若李慕歌與他聯姻，不管立憲改制還是專制，都有極大風險，由三皇子或康王繼位，許是更為合適。

革新派則說顧侯位高權重，認為這樣的駙馬能好好輔佐皇太女，是天作之合。

這時，顧南野又出其不意遞了份奏摺，說父親去世，不宜在此時說親，而且要解甲歸田，丁憂三年。

他沒有回京，直接改道去金陵。

可京城滿是他的風風雨雨，不管哪一派，皆知蚪穹、燕北甚至女真，對雍朝有著極大威脅，等他回來重整大軍，為兩王之死討公道。

但他卻說，要丁憂三年？

三年後，黃花菜都涼了！

雍帝拿著顧南野的請辭奏摺，沒有批示，只說等他辦完喪事，回京再議。

次月，雍王封霍旭為燕北郡王，承襲燕北王爵位，賜婚四公主。

在這旨意頒布之前，李慕歌去看過李慕貞一次，非常直白地問，是否願意嫁給霍旭？若是不願，她可以幫她。

李慕貞卻說，木已成舟，她只想離開這個是非之地，不想再折騰了。

因霍旭急著回燕北繼承王位，走得極匆忙，說料理完喪事後，在燕北迎娶李慕貞，就把李慕貞接走了。

八月，臨近中秋佳節，雍帝再下旨，請康王進京赴家宴。

康王以騎馬摔傷為由，婉拒宴請。

守舊派察覺到康王的退縮，紛紛請示喻太后該如何是好？

喻御史密報喻太后。「今年康王新提攜的王府近臣，乃金陵林氏之人，林家與白家聯姻，康王突然變卦，只怕是跟林氏有關。康王生出二心，娘娘不可再用他了。」

喻太后氣得拍桌。「好個李太玄！小小年紀，居然處處奪得先機，她是算定哀家要用康王這顆棋子了！」

喻御史說：「太玄公主哪有這等算計，定是毅勇侯所為。」

喻太后道：「李氏皇親百餘人，沒了一個康王，還找不出別的人嗎？」

喻御史心道，皇親很多，但有三代皇親血緣的，一雙手便能數盡，又要在朝政上有作為的，真就沒幾個了。

但這些話不好明說，他只提醒道：「人選要仔細地挑，還得細細勸說，咱們若把皇上逼得太緊，恐怕成全了三皇子和改制派，那就得不償失了。」

「妄想！」自慶王死後，喻太后心思偏執起來，只要不是雍帝的親生子女，扶持誰坐皇位，她都願意。

喻御史又道：「宮外有個消息，雖未證實，但臣覺得有必要先跟娘娘商量一番。」

喻太后頭疼，閉眼揉著太陽穴，有些不耐煩。「有話便說。」

「近幾個月，何太醫時常出入白府，開的都是安胎的方子。」

喻太后緩緩睜開眼睛，神情凝重起來。

若是白家尋常婦人懷孕，喻御史不會特別向她稟報。

現在住在白家的，還有慶王妃。

「是有些日子沒有見到慶王妃了。縱然慶王不在，她也是哀家的孫媳，一連多月不來向哀家請安，的確太不像話。」

說這話時，她戴著義甲的小拇指微微顫抖，有掩飾不住的緊張，或是激動。

白靈婷已懷有五個月身孕，夏天的衣服遮不住，一眼就能看到大肚子。收到喻太后要見她的口諭，嚇得差點站不穩。

謝知音安慰道：「還沒到怕的時候，妳別慌。現在妳懷的是太后的命根子，她絕不會為難妳。她說什麼，妳都聽著，不要答應便是。再不濟，裝暈倒脫身。」

白靈婷也知道自己眼下肯定不會有事，太醫院的藥方是她們有意放出去的風聲，便是要等喻太后主動問起。

只要喻太后生起把皇位留給曾孫的心思，便不會再攛掇著宗室鬧事，守舊派就能暫時消停一些。

第六十六章

翌日，喻太后親自派車馬來白府接白靈婷入宮，隨車的宮人還是她最信任的鄭嬤嬤。

鄭嬤嬤一見白靈婷的肚子，臉上的喜色就遮不住了，小心再小心地將她扶上車，命馬車慢慢地駛進宮去。

等喻太后見到白靈婷時，神色同樣激動起來，陰沈多日的臉上，出現了一些生機。

雖然氣白靈婷瞞著她，但現在也不敢問責，只說：「妳這孩子，這麼大的事，怎麼能瞞著？萬一有個好歹，可怎麼辦？」

白靈婷哭訴道：「太后娘娘，接到王爺噩耗時，我覺得天都塌了，根本不想活，在娘家昏昏沈沈數月，才緩過神來。發現有身孕時，原想告訴宮裡，但朵丹逃跑了，我擔心她報復我，所以才瞞下來。只要能平安生下孩子，我什麼也顧不得了。」

喻太后一心都在孩子身上，點頭道：「妳考慮得有道理。朵丹這個惡婦，我定會替顯兒報仇！」

接著，喻太后先是問她懷相如何、身體如何，又請信任的太醫來問平安脈。

聽太醫說母子一切都好，喻太后開心極了。

「妳是個有福的，大婚頭兩日便受孕，天佑慶王，也是老天爺可憐哀家。哀家告訴妳，妳腹中的孩子，以後有大大的福氣，妳的好日子還在後頭。如今朝中三派爭論不休，現今的皇子、皇女中，無一人有資格繼承大統，宗室皇親也寒了哀家的心。妳懷的是皇長孫，是我朝天選之子，捨他取誰？」

白靈婷很想問，若生的是公主，該怎麼辦？但她不敢打斷喻太后的好興致，遂沒開口。

喻太后激動了一會兒，有些疲累，又擔心白靈婷累著，便說：「妳搬進宮住，哀家親自照料妳。」

白靈婷連忙拒絕。「三皇子、三公主都住在宮裡，我還是回娘家吧。有我母親照顧我，十分穩妥。」

喻太后臉色一沈，但白靈婷擔心得也對，這個孩子阻礙了皇子、皇女的前程，不知誰會在宮裡動手，的確不安全。

於是，喻太后即刻安排兩個貼身伺候的大宮女到白靈婷身邊伺候，白靈婷沒辦法拒絕，只得惴惴不安地帶著宮裡的人回去。

送走白靈婷後，喻太后忽然冷笑一下。

鄭嬤嬤不解，問道：「慶王妃懷上遺腹子，娘娘不開心？難道這孩子有問題？」

鄭嬤嬤是喻太后幾十年前進宮時從家裡帶來的貼身之人，最是信任，喻太后有什麼心事，都不隱瞞她。

「懷上孩子的時日都對得上，料想她也不敢混淆皇室血脈。只是，難免也有人在打這個孩子的主意。」

「您的意思是……」

喻太后說：「妳覺得白家的事能瞞過太玄？她定然早知道慶王妃有孕，但一直隱而不報，妳說她打的是什麼主意？白家又是打的什麼主意？」

鄭嬤嬤有些擔心。「那您怎麼還讓慶王妃回去？萬一出事怎麼辦？」

喻太后搖頭。「孩子是男是女還不知道，白家和太玄不會在此時動手，而且這孩子對他們也是有利的。比起這孩子，他們更不想看到三皇子或其他宗室王爺繼承皇位。到了此時，咱們靜觀其變就好。」

之前喻太后急著定繼承人，現在卻一點也不急了。

她得等，等到孩子平安生下後，接到慈寧宮撫養，再健康長大到懂事的年紀。

同樣的事再來一遍，雖然漫長而心累，但好歹有點指望，喻太后心中的希望又重新燃了起來。

想好這些，喻太后特地召見太醫院的幾位太醫，問起雍帝的身體，囑咐他們一定要照顧好雍帝。

再怎麼著，也得撐到孩子生下來再說。

李慕歌從何太醫口中得知喻太后關心起雍帝的身體，心裡總算鬆了口氣。

她正在安排出宮自立公主府的事，很怕雍帝在宮裡遭到喻太后的暗算，現在總算沒有這個顧慮，白靈婷的孩子果然起了作用。

今年中秋，因慶王之死，喻太后做主取消宮宴，過得極其平靜。

而顧南野處理完顧老爺的喪事，守過七七後，在八月末趕回京城。

李慕歌陪著顧夫人親自去城外十里亭相迎，顧家的漆黑馬車掛著素縞，十分醒目。

顧老爺安葬在金陵，顧南野只請了他的靈位進京。

顧夫人看著兒子捧在懷中的靈位，神色複雜，用手絹擦了擦上面的浮塵，沒有哭，只是沈默。

顧老爺於他們母子來說，是至親，也是磨難。

他的離世對他們而言，比起傷痛，更多的是解脫。

李慕歌挽著顧夫人。「侯爺已將老爺的後事安置妥當，夫人就不必多想了。天氣炎熱，侯爺趕了半月的路，咱們先回家再說吧。」

李慕歌陪著他們，把靈位送到毅勇侯府的小佛堂安置妥當。

顧夫人喪夫，心情還是有些難受，說要靜處片刻，李慕歌和顧南野就退了出來。

因在自己家中，又沒有長輩在旁，顧南野便去牽李慕歌的手，卻一把被李慕歌甩開，且力氣還不小。

顧南野詫異地扭頭去看小姑娘，只見她瞪著眼睛，抿起嘴巴，臉上神色很冷，似是生氣，又像是委屈。

「怎麼了？」顧南野不解。

從十里亭一路回來，李慕歌都是和顏悅色，怎麼就發脾氣了？

見他不解，李慕歌心裡更氣，扭頭朝外面走。

她的小步子邁得飛快，踢得裙角翻飛。顧南野一步頂她兩、三步，輕輕鬆鬆跟在後面。

顧南野讓侍衛和丫鬟都退下，單獨跟著李慕歌。

李慕歌撒氣似的走了一陣，最後一跺腳，站在毅勇侯府的荷花池邊。

夏日將盡，池塘裡的荷花謝了一半，岸邊都是枯荷敗葉，看起來有幾分蕭條。

李慕歌看在眼裡，悲從中來。

顧南野從後面握住她的肩膀，柔聲問道：「為什麼生氣？」

李慕歌轉頭看著他。「侯爺一走數月，瞞天過海深入燕北腹地，絲毫不考慮自己的安危，也不管我和夫人的感受，你說我為什麼生氣？」

顧南野有些錯愕。

他在燕北時，收到宋夕元的傳信，說李慕歌知道他的去向，便猜到她會生氣。但後來與京城的通信中，李慕歌沒有責備他，只是關心和叮囑，並助他一起推演形勢、分析利弊，絲毫沒有生氣的苗頭。

他以為這件事已經過去了，沒想到是等著他回來一起算帳呢。

小姑娘以大局為重，生生憋了幾個月的脾氣，此時才撒出來，顧南野想到這一點，心都軟了，更為愧疚。

他伸手去抱李慕歌，卻被李慕歌掙開。

「跟你說正事呢，別動手動腳的。」李慕歌氣呼呼地道。

顧南野見她一副炸毛的樣子，更想抱她。

他強行把她打橫抱起來，大步流星往思齊院走去。

李慕歌被他禁錮在臂彎裡，掙扎道：「一句解釋也沒有，要把我帶到哪兒去？你怎麼蠻橫不講理啊?!」

顧南野覺得她像滑溜的泥鰍一樣，快抱不住了，便順勢在她腰上捏了一把。

「妳再喊大聲一點，全府都聽見了。」

「我……我才不怕他們聽見，好叫你的下屬知道你是什麼樣的人……」

話雖如此，但李慕歌終究是閉嘴了。

顧南野把李慕歌抱進思齊院的書房，放到椅子上坐好，然後轉身去找裝禮物的匣子。

李慕歌見他把她送的特權卡拿出來，笑道：「侯爺怕是忘了，清明節前，你已經用了

『原諒卡』，這回可不能再用了。」

顧南野翻出一堆卡片，拿出其中一張，單膝蹲到李慕歌身前。

「抱抱卡，可兌換一次深情擁抱。」顧南野唸著卡上的字。「先來這個吧。」

李慕歌不依。「你怎麼這樣啊，我在生氣呢，此刻不可用。」

顧南野湊上前。「之前妳可沒說。難不成免死金牌在要死的時候不許用了？沒有這樣的道理。」

李慕歌一愣，居然覺得他說得很有道理。

沒辦法，自己送出去的承諾就得認。

她不情不願地伸出手，鬆鬆地摟住顧南野的脖子，背上卻被顧南野大力一按，整個人撞進他懷裡。

闊別多月的胸膛，還是一樣的滾燙和可靠。

李慕歌感受著顧南野特有的氣息，心情一點點平靜下來，反倒生出一絲依戀。

「你太賴皮了，什麼交代也沒有，打算這樣蒙混過關嗎？」李慕歌說著，聲音已經軟了下來。

顧南野安撫地摸摸她的脊背，又從茶几上拿起一張卡。「還要這個。」

親親卡，可兌換一次甜蜜親親。

李慕歌看到卡片上的字，後悔自己去年太過幼稚，怎麼寫出這樣令人羞恥的內容？

「不要，現在的親親不甜，是辣的、苦的！」她把頭扭到一旁。

顧南野一笑，捏住她的下巴。「真的？我嚐嚐就知道了。」

熟悉又有點陌生的觸感衝擊而來，李慕歌情不自禁仰起頭迎合著他。

顧南野將她緊壓向自己，兩人貼在一起，漸吻漸深……

暮夏的午後，還有稍許燥意。

李慕歌頭上生出密密的汗，臉頰紅得要命，而且不知怎的，整個人都掛在顧南野身上。

她大大換了口氣，感受身上密密麻麻的奇怪感覺，羞怯地說：「你鬆開我，好熱……」

顧南野不善以言語哄人，只是想用這樣親暱的方式把人哄好，但兩人數月沒有親近，這一吻便停不下來，現在連他也覺得有些難以收場。

若此刻放開小姑娘，他身體的變化只怕會一覽無遺，索性抱著李慕歌坐進太師椅，讓她蜷在他懷中。

他示弱般地說：「陪我歇一會兒，這幾個月太累了。」

李慕歌聽了，果然心軟，乖乖靠著他，不再鬧脾氣。

自顧南野陪李佑顯北上後，就沒有歇過一天，先是暗訪燕北各處，查清燕北王的兵力、財力，又悄然潛入女真，見過女真族長，談好合作。最後，南下處理顧老爺的喪事，將顧家族親全部打發。

這期間，他還要在趕路時、在夜裡，處理朝中及宋家送來的文書，難得有這樣安靜休息的時刻。

顧南野突然開口解釋。「當初不告訴妳要去燕北的計劃，不是怕妳不答應。我知道妳會理解、會點頭，只是不忍讓妳忐忑不安。畢竟那個時候，我還不確定要花多久才能解決這些隱患。」

李慕歌已經不生氣了，此刻帶著撒嬌的意味說：「我擔心你一下怎麼了，又不會少塊肉，哪兒就一點苦都不能受了？」

顧南野笑出聲來，寵愛道：「就是捨不得妳受苦。」

李慕歌抱怨道：「比起擔心你，朝中堆積如山的政務才是讓我受苦。你終於回來了，快救救我吧！」

說起政務，顧南野也打算好好聊聊她的事。

他離京這幾個月，李慕歌做了不少事。

朝堂上，她被雍帝推著從幕後走到朝上，已開始討論立皇太女，這比顧南野的計劃要快很多，足以見得雍帝的決心，或是，他的身子已容不得他慢慢來了。

後宮中，她探知李佑顯的身世，跟喻太后決裂，又利用他的遺腹子來牽制喻太后。她到底打算如何利用喻太后和那個孩子，他也想聽聽她的想法。

還有白家，李慕歌幫大房拿到家主之位，斷了蕭牆之憂。

這一樁樁、一件件，顧南野都沒幫她，她已能自己闖出一片天地。

兩人聊了雍帝不容樂觀的病況，說起跟喻太后的決裂，分析了朝中的局勢，又謀劃一些後面的安排。

聽李慕歌條理清晰地梳理這些事，顧南野心情複雜，感慨小姑娘飛快長大，又不想看到她這麼快獨立。

李慕歌心中想的簡單很多，講完重要的事後，覺得輕鬆，按捺著笑意說：「明天陪我去看看公主府吧。用你選的清寧王府改建，快完工了。」

清寧王府原本是雍帝的皇叔清寧王的府邸，清寧王去世後，他這支的後人不顯，遷去了封地，朝廷便收回王府，一直空置著。

清寧王府的位置離毅勇侯府不遠，格局又大又闊，顧南野早就相中了。

他早知道李慕歌想自立門戶的事，他並不反對，只是有些遺憾沒能跟她一起修繕府邸，畢竟那裡很有可能是他們以後共同居住的地方。

顧南野把頭埋在李慕歌的脖子間，有些鬱悶地說：「抱歉，沒照顧好妳。」

李慕歌搖頭。「不用抱歉，你照顧大家，我料理小家。男主外，女主內，很合理。」

顧南野道：「咱倆換一換，妳主外，我主內，如何？」

燕北王死後，顧南野也輕鬆不少，其他政事於他來說，不是生死存亡的大事，可以徐徐圖之，輔佐雍帝和李慕歌治理好雍朝就行。

相較起來，媳婦的事，才是他當下一等一的大事。
李慕歌也懂他的意思，但在做皇太女之事上，依然有些猶豫。
顧南野把自己的打算告訴她。「這次丁憂是個好機會，我忙了六、七年，想歇一陣子，空出時間來，好好辦咱倆的婚事。」
提起婚事，李慕歌終於同意顧南野暫時離開朝堂的想法，畢竟兩人之間，需要有個人抽出精力來籌備。

顧南野在辭官之前，秘密拜見雍帝多次，又分別見了改制派和革新派的臣子。
對於他暫別朝堂的決定，喜的特別喜，憂的特別憂。
李慕歌雖有一定的憂慮，但知道顧南野會暗中幫她，所以沒有多想。
在顧南野正式辭官後，李慕歌再次回到養心殿，幫助雍帝處理朝政。
她雖不能受封為皇太女，但朝臣們在長達數月的爭執後，漸漸習慣了李慕歌參政的事。
喻太后考慮曾孫，又因顧南野放權，也沒再因為李慕歌參政而為難她。
九月，禮部挑了宜喬遷的好日子，太玄公主府正式開府。
李慕歌設了喬遷宴，招待親朋好友。
說是她辦宴，其實事情都被顧南野包攬過去。公主府的府臣，除了應公公，其餘人選都是顧南野安排的。

李慕歌整日陷在政務中，喬遷宴便由顧夫人幫忙張羅。

喬遷宴上，白靈婷挺著大肚子出席，眾人便都知道她懷了慶王遺腹子的事，無比感慨。

來做客的長公主李慕縵關心道：「妳不該露面的，現在還沒有抓住朵丹，萬一被她知道了，加害妳怎麼辦？」

雖然李慕縵和李佑顯不合，但終究是一家人，在李佑顯死後，她身為大姊，自會關心照顧他的遺孀。

慶王過世，對外宣稱是死於泥石流，但坊間流言很多，有說是虯穹的陰謀，有說是燕北王的陰謀，也有說是女真幹的。

李慕縵認為，是朵丹為了報復雍朝，而謀害李佑顯。

白靈婷不自在地笑了下。「現在太后下令抓她，她逃還來不及，哪裡敢回來害我？」

李慕縵依舊說：「那還是要小心些，這可是慶王僅剩的骨血。」

白靈婷點頭應下，又四處尋找李慕歌的身影。

前幾天，李慕歌派環環跟她說，慶王有消息了，請她來參加宴會時談談。

此時，李慕歌正在前院忙著接待來恭賀的外臣，多是些支持她的革新派人士，不能草草應付，一談起新政，就顧不得後院了。

臨近開宴，還是顧南野來打斷他們，才把李慕歌解救出來。

李慕歌道：「今天泰半的大臣都是為你辭官的事而來，但見到你後，他們反倒什麼都不敢說了，要我勸勸你。」

顧南野卸下工部尚書的官位後，如今只是個閒散侯爺。

他笑著說：「殿下也要勸我嗎？皇上和殿下想推行的新政令，已夠百官幹個幾十年。如今改制派和革新派都支持新政，我在不在朝上都不要緊。燕北和虬穹之憂也解決，近年來再無大戰，軍中亦不需要我。」

李慕歌很自責，知道顧南野是為了她辭官的。

若顧南野一直握住軍政大權，改制派和守舊派會拿她是顧南野傀儡的藉口攻擊她。為了把她送上至高之位，也為了兩人的婚事，顧南野唯有辭官，唯有犧牲所有前程，甚至是人生。

可是李慕歌真的很心疼，這樣優秀的人不該被埋藏，甚至覺得顧南野比她更適合為帝。

顧南野將她所有思緒看在眼裡，笑著攬住她的腰，似是打趣地說：「雖然辭官了，但等著我辦的事還不少。不說別的，殿下的公主府實在太窮了點，看來殿下不善經營，也不知以後國庫的銀子要從哪兒來。說來說去，本侯得養家，想偷半日閒也不行。」

李慕歌瞬間懂了他的意思，一改懊惱和沮喪，興奮地問：「侯爺想好啦？」

李慕歌曾與雍帝私下商議，想設立商務部，大力發展商貿。但因雍朝重文輕商，選不出能擔大任的人，遲遲沒有進展。

若顧南野肯全心投入商務，也是極好的。

李慕歌高興地挽住他的胳膊，蹦蹦跳跳地跟他回後院吃宴去。

顧南野寵溺地看著滿臉開心的小姑娘，被她需要的感覺，真不錯。

第六十七章

午宴後，李慕歌帶白靈婷去內室單獨說話。

白靈婷憋了一上午，進屋後立刻問：「王爺有什麼消息？是在哪裡發現的？」

李慕歌說：「這幾個月，慶王逃到女真、蚶穹和雍朝的邊境，顛沛流離數月，生了重病。蚶穹侍衛認為他沒救了，丟下他，逃回蚶穹王庭。」

當初朵丹逃跑，是李慕歌故意放走的，就是為了透過朵丹找到李佑顯。

就算朵丹逃回蚶穹後，不去找李佑顯，她之前放在李佑顯身邊的人，也會聯繫她。

果不其然，入秋之後，蚶穹侍衛洩漏了行蹤。

顧南野安插在蚶穹的人，順理成章地知道了李佑顯的去處。

白靈婷追問。「你們找到王爺之後，打算怎麼辦？」

李慕歌說：「妥善安置，延醫救治。」

「延醫救治？」白靈婷詫異不已。「妳不是說他得死嗎？」

李慕歌道：「只要太后和世人認為他死了就好。真相如何，並不重要。」

白靈婷卻似發狠般說道：「還是死了最好。」

李慕歌掀起眼皮看她，真狠心啊。

「慶王雖非我親皇兄，但也是正宗的皇家血脈，父皇亦沒有對他起殺心。當初他若肯多相信父皇一些，其實連逃都不用逃。妳是他的結髮妻子，何必趕盡殺絕？」

李慕歌說著，試圖開解白靈婷。

白靈婷緊張地說：「萬一他哪天回來了，只會拖累我們母子。他這輩子已經完了，可是我肚裡的孩子得光明正大地活著，他的父王是為國殉難的賢王，不是身分有假的逆王！」

李慕歌繼續勸道：「據說慶王連日高燒，已經變成傻子，就算回來，只要太后不說，父皇也不會提陳年往事。」

白靈婷有些猶豫不定。「真的嗎？萬一哪天病好了呢？」

李慕歌不耐煩了。「也罷，此事與妳多說無益，妳就當他死了，回去安心待產吧。」

李慕歌是真心想留慶王一條命，一來他已經燒壞腦子，對她造成不了任何威脅；二來雍帝並沒有打算處置慶王，若她弄死慶王，會成為她一輩子的把柄。

她不願落任何把柄在任何人手中。

於是，李慕歌又私下與顧南野商量。

如何安置一個傻子，顧南野多的是辦法，而且他很欣慰，李慕歌沒在權力爭鬥中，變得鐵石心腸。

顧老爺百日之後，顧夫人再次進宮，替顧南野提親，向雍帝求娶李慕歌。

這一回，雍帝終於痛快點頭了。

禮部將此事當作一等一的大事，即刻開始準備。

欽天監占卜出幾個吉日，最後由李慕歌挑了明年六月十六的大吉之日，訂婚大禮則訂在她明年三月的生辰，與及笄禮同一天。

訂下終身大事，李慕歌長長吐出一口氣，格外的春風得意，恨不得時間過得再快一點。

在朝政和婚事的忙碌中，夏去秋來。

在一場大雨中，雍帝舊疾復發，當著朝臣的面，咳出一灘血。

這灘血淋在百官心頭，也淋在宗親的心上，大家都明白，雍帝沒多少時間了。

李慕歌紅著眼眶，半跪在雍帝床頭，親手餵他喝湯藥，這一刻又希望時間走慢一點。

雍帝緩緩推開藥碗，聲音如破風箱般說：「不喝了，朕想跟妳說說話。」

李慕歌別過頭，放下碗。「那我們待會兒再喝。」

雍帝望著她，露出慈愛的笑。「一晃眼，妳就要出嫁了，也不知朕等不等得到那天？」

這句話一出，李慕歌的眼淚就忍不住了，哽咽道：「父皇別亂說，歌兒還等著您送我出嫁呢。」

雍帝說：「接妳回宮時，妳又瘦又矮，小小一個，沒想到兩年工夫，便長成了大姑娘，還能擔負起朝政，讓朕十分欣慰。朕原想再多收整些河山，讓妳輕鬆些，但眼下看來，是不成了。不過，有顧侯在，朕也不是特別擔憂，能安心地走……」

如果皇女能繼承皇位，第一個有資格的，應該是長公主李慕縵。

這下守舊派可為難了。

守舊派的人，有些唯喻太后馬首是瞻，但也有些是真的重男輕女，無法接受女皇帝。

這番變故下來，守舊派有同意也有反對，局勢便發生了些許變化。

雍帝聽到喻太后說的話，有些煩心地低聲問李慕歌。「妳大皇姊也起了心思？」

李慕歌湊到雍帝耳邊道：「昨日柱國公夫人帶小世子進宮看望太后，私下跟太后說了好一會兒的話。」

「連家？」雍帝詫異不已，柱國公府與顧家關係極好，沒想到連家亦對皇位有意。

李慕歌道：「是顧夫人去求柱國公夫人的。」

雍帝想了一下，明白過來。

連家看似想替長公主李慕縵爭權，實際上是在幫李慕歌。

只要皇女有繼承權，他們支持哪位公主，誰又說得準呢？

李慕歌道：「還有，太醫院那邊傳來消息，據說慶王妃的懷相，是位郡主。」

種種考慮下，喻太后終是被柱國公夫人說服，支持皇女繼承皇位。

到改制派投票時，變故再生。

改制派首領向閣老，居然也投出同意票。

雍帝欣慰地笑了笑。「看來歌兒在會前做了不少功夫啊。」

李慕歌抿嘴笑著。「是三弟有志向。」

李佑翔喜歡習武，李慕歌答應送他從軍，若他將來幹出一番功績，便能將功抵過，接出被幽禁的向氏。

年僅十餘歲的李佑翔要從軍，把向家嚇壞了，要是顧南野讓軍中之人「照顧」他一二，不知保不保得住命回京？

為了李佑翔的安危考慮，向閣老不得不屈服。

一番投票下來，結果出乎意料，未來皇女可繼承皇位了。

此番決議由中書省、宗人府、禮部蓋章，雍帝頒布旨意昭告天下，朝廷、宗室和民間皆為震動。

喻家人立即進宮求見喻太后，詢問緣由，喻太后只是笑著說：「如果皇女能登基為女帝，那哀家垂簾聽政時，誰敢再說哀家是後宮干政？」

到底是私心作祟！

在極大的爭議聲中，宗室法典完成修改，眾人以為雍帝會馬上提立皇太女之事，但他沒有，只是寫了一份遺詔，封入前殿的匾額之後。

這封遺詔的內容是什麼，大家都猜得到，但誰也不願捅開這層窗戶紙，只為各自的打算積極準備。

這年的冬天來得很早，雪下得極大。

寒冬之中，雍帝一直未能下床，昏睡的時候也越來越久，皇宮上下皆無心過年。

唯有一點喜事，便是白靈婷在新年之際，誕下一個男嬰。

孩子立刻被喻太后安排在她身邊的人抱走，白靈婷流著血，從產房裡掙扎著追到雪地上，也沒能搶回自己的孩子。

陶氏哭著到公主府找李慕歌，等李慕歌追到慈寧宮時，發現孩子根本沒被送進宮。

天大地大，不知喻太后把孩子藏到哪裡去了！

喻太后泰然自若地笑著說：「去白府問診的太醫都說慶王妃懷的是位郡主，哀家原就沒打算抱來養，現在不見，怎麼找到哀家這裡來了？莫不是你們想來一齣狸貓換太子，剛出生的女嬰不見了，等再找回來，就變成男嬰？」

喻太后記恨李慕歌放出假的懷相消息騙她，故意倒打一耙。

李慕歌見喻太后一副鎮定自若的樣子，也淡定下來，笑著道：「孩子是男是女，於我來說並無區別，我只是打算等孩子出世後，悄悄接慶王回來看看孩子。如今孩子不見了，倒省了我一件麻煩。」

喻太后猛地看向李慕歌，手中的茶盞抖了抖，最終沒拿住，掉在地上。

她扶著茶几站起來，指著李慕歌，激動地說：「妳……妳說什麼？慶王還活著？他在妳手上？」

李慕歌挑眉。「慶王在不在我手上，要取決於孩子在不在您手上。慶王活不活得成，要取決於您把不把孩子還給我。」

「孽障，妳敢?!」喻太后拍著桌子，聲嘶力竭地吼道。

李慕歌反手把桌上的茶壺揮到地上，大聲道：「我有何不敢？慶王橫豎都是死過一次的人，再死一次，誰會知道？」

喻太后跌坐到椅子中，搖頭喘氣。「不會的……是妳在詐我……」

「那咱們賭一賭，如果您不在元宵節前把孩子送回來，我一定會帶著慶王的屍身，向您賀喜。」

李慕歌說完，轉身就走。

喻太后目眥欲裂地瞪著她揚長而去，大叫著將桌子掀翻在地。

李慕歌離開慈寧宮後，直接出宮去了白府。

白靈婷產後在雪地裡受凍，發起高燒，神志不清地哭喊著孩子，看著實在可憐。

謝知音抹著淚，告訴李慕歌。「抬回產房後，王妃就開始大出血，搶救了好久才止住，這會兒又燒成這樣，太醫說，不知道救不救得回來。」

李慕歌沈著臉去問何太醫，何太醫單獨跟李慕歌說：「王妃生產時，被人做了手腳，服用的參湯裡有活血藥物。如今能止住血，已是老天保佑，但燒退不下去，也保不住性命。」

李慕歌緊緊握拳，恨不得再衝回慈寧宮去找喻太后。

聽聞慶王妃這邊出了事，顧南野知道李慕歌不會置之不理，也趕到了白家。

李慕歌把來龍去脈告訴顧南野，顧南野安慰她。「白家親自照顧白靈婷，妳又安排了心腹太醫，還是沒防得住太后，可見她手段厲害、勢力不小。如今生氣無濟於事，咱們要小心太后的後招。」

李慕歌皺著眉點頭。

她將慶王還活著的消息透露給喻太后，喻太后並不是會乖乖被拿捏的人，必定會有所動作，的確是得小心些。

一會兒後，顧南野帶著李慕歌回公主府，召集宋夕元、徐保如、范涉水等幾位近臣，商量起雍帝的後事。

雍帝的身體一直沒有好轉，禮部和內務府已悄悄準備喪儀。李慕歌雖不願在雍帝生前談論這些，但皇帝駕崩不同於普通人家的老人去世，不能不未雨綢繆。

顧南野比李慕歌想得更多，除了喪儀，更在意因皇帝駕崩而引起的社稷動盪。

如今雍朝面臨新舊交替、內政動盪的危機，好在外敵已清，少了些麻煩。

范涉水帶來北境的軍報。「燕北王死後，霍旭威信不足，燕王妃又是女流之輩，無法插手軍務，如今燕北軍分崩離析，已不足為患，假以時日便能順利收編，被朝廷招安。」

李慕歌牽掛李慕貞的情況，道：「一直沒聽到霍旭與李慕貞成婚的消息，燕北如此苛待我朝公主，也太過放肆了。」

范涉水沈吟片刻，如實稟報。「據內應的消息，四公主已懷了身孕。」

李慕歌怔住，李慕貞連名分都沒有，就懷了霍家的孩子，如此不愛惜自己，也沒辦法幫她了。

顧南野並不在意李慕貞有沒有名分，但對她的孩子倒是有幾分在意，吩咐道：「讓咱們的人仔細照應，務必讓這個孩子平安降世。霍旭整日眠花宿柳，萬一哪天死在煙柳巷裡，這個孩子可是霍家唯一的骨血。」

在場之人都是聰明人，立刻明白顧南野的意思，范涉水更是慎重應下，回頭仔細安排。

安排完燕北的事，徐保如說起虯穹的動靜。

「屬下遵照侯爺的意思，將朵丹的行蹤傳給女真，如今女真騎兵已開始西行，有梁尚書帶著西嶺軍在旁協助，女真族很快就能吞併虯穹。」

雍朝子民不喜游牧，所以顧南野對虯穹的領地並無興趣，但對屈居一隅的女真來說，虯穹卻是塊誘人的肥肉。

女真王是個識時務的年輕君王，和顧南野交好，自知向雍朝稱臣，會得到更多好處。如此，至少可保雍朝北境五十年太平。

外敵已除，令在場之人擔憂的，是京中局勢。

宋夕元憂心道：「最近京城親衛軍、五營軍、三千營、神機營各營中的宗室子弟，與喻家的來往也頻繁起來了。」

京軍各營經過顧南野的幾次清洗，領頭的都是他可信之人，但軍營人數眾多，京軍中又有眾多宗室、官宦子弟，難免有可乘之機。

李慕歌涉政數月，越來越了解情況，便提出許久以來的疑惑。「喻太后手中並無兵權，縱然軍中有喻家的人，但也調不動軍隊，為何侯爺如此顧忌她？」

之前顧南野一直沒跟李慕歌說太多軍務上的事，是替她的安危著想，眼下卻是必須告訴她了。

「朝中一直有傳聞，當年先帝駕崩時，因擔心皇上不堪大任，留了一份密旨給太后。密旨不僅可以彈劾、罷黜皇帝，還可以緊急調動京軍。」

李慕歌震驚，這份密旨有這麼大的權力？難怪喻太后一直敢對雍帝狂妄而為！

顧南野補充道：「可這封密旨是先帝彌留之際，由太后和宗室的幾位皇叔擬下，朝中內閣大臣及起居郎都不在場。」

李慕歌懂了，顧南野是對密旨的真偽存疑。

顧南野說：「若太后得了宗室和朝臣擁護，這封密旨就是真的；若太后犯了眾怒，那這封密旨也可以是假的。」

是真是假，端看他們怎麼做，以及喻太后怎麼做了。

「當初支持太后的皇叔們，是因為對皇位存有念想，如今慶王出事，父皇要立我為儲，皇叔們對皇位的念想必然更大，也不知他們商量好了沒有，在先皇密旨上，到底要寫誰的名字？」

李慕歌略帶玩笑地說道，似是不把密旨放在心上。

顧南野明白她的想法，點點頭。「千載難逢的機會放在他們眼前，誰能不想要？據聞，他們之間已經疑心漸起，有互相傾軋的跡象。」

李慕歌便道：「那便由他們先亂鬥一會兒。我倒是更關心你，你什麼時候重回朝堂？」

顧南野辭官已有半年，如今已完成修憲，等開年就會組建上下議院，然後選出總理大臣，再由總理大臣欽點內閣，正式開始新政。

雖然顧南野總拿籌備婚事和運籌商務的藉口搪塞李慕歌，但李慕歌還是希望他能回到他應有的高位。

在她心中，總理大臣一職，非顧南野莫屬。

顧南野聽了，對宋夕元、范涉水等人使個眼色，他們便立刻退了出去。

屋裡只剩他們兩人，顧南野才對李慕歌搖頭。「我並不打算選總理。」

李慕歌難以置信地望著他。

顧南野收起議事態度，靠近她，親暱地摸摸她的頭，笑著說：「我只想做妳的駙馬。」

李慕歌並沒有被他的笑容迷惑，反而繃起臉。「不行！」

顧南野打趣道：「妳想悔婚不成？」

李慕歌不跟他貧嘴，瞪著他，動氣了。

之前他們早有討論，在顧南野卸任工部尚書時，她尚能理解，這是為了讓她這個皇女有繼承權的讓步，還想著等她繼承皇位，誰還能管著她和顧南野？

但她沒料到，顧南野自己放棄了。

顧南野笑笑，用手指撫平她緊皺的眉頭。

「如果妳是尋常公主，駙馬的身分無法拘束我，正因為妳要繼承皇位，我才必須退下來。難道妳想做人們眼中的傀儡女帝？即便妳願意，我也不願青史中說我是挾皇女以令天下。何況，我們夫妻一人稱帝，一人當總理，這是挑戰立憲改制的正統，傷的是國本。」

見李慕歌要反駁，顧南野用拇指按住她的唇。「我已經想清楚，我守著妳，在妳身邊輔佐，就很好。」

李慕歌知道他說的都對，一時沒想到好的解決辦法，只得不快地說：「還沒成婚，誰跟你是夫妻……」

顧南野笑著上前吻她，盡力安撫她的情緒。

第六十八章

元宵夜前夕，喻太后身邊的鄭嬤嬤，悄悄將白靈婷的男嬰送回公主府。

喻太后服軟了。

李慕歌也未食言，開朝之日便安排北境送來軍中急報，說是在收整燕北藩軍時，查到重傷倖存的慶王下落，當即安排人將慶王接到天津行宮養病。

喻太后知曉後，即刻起駕去了天津。

喻太后離京後，京城和宮中的氛圍隨之一鬆，李慕歌和顧南野終於可以全心投入上下議院的組建。

「改制派中支持劉閣老的呼聲最高，革新派中以葛尚書為首，而宗親們各有心思，所以守舊派意見不一，尚未成勢。」宋夕元向李慕歌稟報近來的情況。

李慕歌問他。「葛尚書有幾成勝算？」

宋夕元看看與李慕歌同坐的顧南野，含糊道：「與劉閣老不分伯仲吧。」

李慕歌想了想，轉頭問：「侯爺覺得呢？」

顧南野從一堆婚禮的儀程單子中抬頭。「劉閣老的勝算大些吧。」

李慕歌點點頭。

顧南野繼續說：「於私來說，我原是想請我母親當妳的正賓，但母親極力推辭，一來我父親去世不滿一年，母親擔此重禮與禮不合，二來母親說她算不得有福之人，便請了父母高壽、子孫滿堂的柱國公夫人做正賓。」

李慕歌感念顧夫人的救命與教養之恩，待她如自己母親一般，聽到顧南野轉述的話，立刻道：「誰說夫人不是有福之人？我一定會好好孝順她，讓她後半生有享不盡的福！」

顧南野笑著吻了吻她的額頭。「母親知道妳的心。」接著往下說：「贊者由長公主李慕縵擔任，擯者是向婕妤，執事則是妳的三位姊妹，五公主、六公主和白靈嘉。」

李慕歌笑著說：「安排得很好呀，不是我不操心，是根本不用我再看一遍嘛。」

顧南野自然是把能幫她做的事都做了，這些私事不在話下，唯有怎麼做一個統治者，是他幫不了她的，只能靠她自己。

「去批摺子吧，等御器監將笄禮的簪子送來，我再喊妳看。」

李慕歌不捨地在顧南野懷裡膩了片刻，才整理好衣冠，端正坐回桌案前，再度開始閱覽奏摺。

等到三月十八日的正日子，皇極殿的正殿大門打開，李慕歌將在這裡完成笄禮，並舉辦訂婚儀式。

京中的百官命婦及宗親貴戚，盡數到場，唯有重病在床的雍帝無法親臨，只得由小太監們一波又一波地轉述儀式。

笄禮畢，胡公公忽然捧著雍帝的聖旨過來。

眾人跪地，原以為是給李慕歌的賞賜，胡公公卻看向顧南野，道：「請毅勇侯接旨。」

顧南野上前，與李慕歌並跪在一起。「臣顧南野接旨。」

這道旨意褒獎了顧南野平定燕北動亂和治理水患的功勞，特賜一等忠勇公。

皇極殿前，眾人心中震驚，侯爵可以承襲，確實有年紀輕輕就做了侯爺的勳貴，但這一等忠勇公之位，卻是頭一回落到如此年輕的人頭上。

雍帝選擇在太玄公主的笄禮和訂婚儀式上加封，這不僅是對顧南野的賞賜，也是對太玄公主的支持。

雍帝所賜的「忠勇」二字，更是飽含他對顧南野的期許和訓誡，望顧南野忠於李慕歌，守護李慕歌，忠於雍國，守護雍國。

兩人相視一眼，長叩在地，道：「兒臣叩謝父皇！」

入夏後，皇太女婚期將至，宮中張燈結綵，滿目喜慶，但人們臉上卻不敢流露太多喜氣，因為雍帝已病入膏肓，大限將至。

禮部和內官們很擔憂，不知白事和紅事哪個會先至，萬一雍帝走在前面，皇太女大婚的諸多安排，必然會被打亂。

這一應事務，都由顧南野統籌，準備應對各種突發狀況。

李慕歌已正式搬入養心殿的側殿，日夜在病床前照顧雍帝。

偶有內閣大臣過來稟事，李慕歌便領他們到寢殿，在雍帝面前，擇關鍵事稟奏一二。

雍帝清醒的時候不多，若有應答，也只說：「由妳監國，朕放心，妳決斷即可。」

他不放心的唯有兩件事，一是怕熬不到李慕歌大婚，二是憂心喻太后手中的偽詔。

好在太醫院使盡渾身解數撐著雍帝，倒是平安熬到了六月十六。

大婚當天，李慕歌穿著隆重喜服，與顧南野進宮後，先到養心殿向雍帝行禮，而後前往交泰殿正殿，舉行大典。

雍帝靠坐在床上，目送這對新人離開。

他戀戀不捨地望著滿眼的熱鬧，對胡公公說：「宮裡好久沒這麼喜慶過了。」

胡公公笑著接話。「聽說滿京城都熱鬧起來了，盛況空前，百姓們湧上街頭，圍觀大婚的車駕。皇太女天未亮就從公主府出發，車駕走了兩個時辰，才到宮門口。」

雍帝點點頭，透過寢殿的窗戶望著外面的宮牆，聽著隱隱約約傳來的禮樂，喃喃道：「如今，朕只剩下一件事放心不下了。」

胡公公十分貼心，懂得雍帝的所思所慮，寬慰道：「皇上不必煩憂，如今太后娘娘一心照顧慶王，五湖四海地召集名醫替慶王看病，顧不得京城的事了。」

雍帝搖頭。「現在她顧不上，是存了一絲希望，認為慶王的傻病能醫好。等求遍天下名醫後，知道無藥可救，必會絕望又憎恨，把帳全算到歌兒頭上。朕不能讓歌兒跟朕一樣，一輩子被她控制在掌心！」

過了一會兒，雍帝問胡公公。「天津行宮的暗道，你還記得吧？」

雍朝的皇宮和行宮都修有供皇帝逃生的密道，不到萬不得已時不可啟用，旁人也不知入口和出口在哪裡。

胡公公有些錯愕。「皇上的意思是……」

雍帝沈重地點頭。「去辦吧。」

李慕歌在宮中行完大婚典禮，又返回公主府辦婚宴。

不同於尋常人家嫁女，她身為皇太女，每個環節都需要她參與，直到月上柳梢，才被一眾宮女扶著，和駙馬一起回到喜房。

兩人按照禮儀，在喜房喝完喜酒，點了喜燭，吃了喜果，又結長髮和衣袂，好不容易遣散賓客，終於能休息一下。

雖是洞房時刻，但兩人都沒什麼心思溫存，尤其是李慕歌，簡直快累垮了。

命丫鬟幫李慕歌拆卸髮冠和禮袍後，顧南野把她抱在腿上，輕輕揉著她的脖頸，問道：「要不要先吃些東西？」

李慕歌閉著眼睛搖頭。「我現在頭暈眼花的，甚至有點想吐，讓我先緩一會兒。」這是頸椎被壓迫一天，又磕了太多頭導致的。

顧南野心疼不已，只得一下又一下地幫她按摩肩膀。

李慕歌被揉得太舒服了，竟不知不覺在他懷裡睡去，以至於第二天睜眼時都有些難以置信，她居然就這麼把洞房花燭夜浪費掉了。

她有些愧疚，掀開帳子四處尋顧南野的人影，但找了一圈都沒看到，只得揚聲去喚。

環環立刻帶著宮女從外面進來，服侍她洗漱。

梳妝時，她問道：「國公人呢？」

環環小聲在她耳邊說：「宮裡一早便來人傳信，說是皇上病重，想見慶王最後一面，夜裡秘密派了胡公公去天津接人。國公爺知道後，現在召來幾位大人在書房議事。」

李慕歌聽了，覺得奇怪，雍帝已經知道慶王並非他的骨肉，為什麼彌留之際要見他？

她梳妝好，顧南野也回來了，兩人坐在一起用早餐時，李慕歌便問起這件事。

顧南野說：「不管皇上因何要見慶王，太后都不會放慶王回京的。妳不必擔心，行宮那邊有馮虎守著，出不了什麼大錯。只是皇上的身體，是真的不行了。」

李慕歌放下筷子。「昨日去行禮時，我看著父皇的精神很好，怎麼突然惡化了？」

顧南野說：「許是心情高興，迴光返照吧。」

李慕歌心裡著急，吃不下東西，兩人匆忙向顧夫人行了新婦禮後，便進宮去了。

雍帝的情況的確很糟糕，臉上已經開始浮腫，神志昏迷，氣息也很微弱。

何太醫一干人等守在旁邊，皆是搖頭。

李慕歌只得忍著悲痛，召集內閣大臣、後宮妃嬪和皇子公主立刻前來養心殿，送雍帝最後一程。

殿內殿外陸陸續續跪了幾十人，劉閣老身為新任總理大臣，最牽掛的還是皇位繼承之事，便斗膽提議。

「皇上去年曾寫有密詔，封入正大光明匾額之後。不如此刻將密詔取來公布於眾，以免皇上百年之後，再節外生枝。」

雖然眾人知道李慕歌將以皇太女身分繼承皇位，但畢竟不同於皇子登基，此事容易被人攻訐，還是要按步來為好。

眾人附議，李慕歌點頭應下，便由劉總理親自帶著大臣們去前殿取密詔。

密詔取下後，劉總理未敢開啟，而是拿回養心殿，交到李慕歌手中。

李慕歌坐在雍帝病床前，當著眾人的面，將遺詔打開。

遺詔中指明三件事，一是由太玄公主繼承大統；二是指定顧南野為皇夫人選，榮升親王，擁有三軍指揮權；三是明令皇夫不可稱帝，不可入內閣，若有違逆之心，內閣有直接廢黜皇夫的權力。

李慕歌露出錯愕的神情。

雍帝如此信任顧南野，但終究還是擔心顧南野日後造反，替李慕歌留了一張保命符。

李慕歌把遺詔遞給顧南野。

顧南野看了，點點頭，毫無介懷，直接將遺詔交給劉總理。

「昭告天下吧。」

眾人知道雍帝時日無多，皆不敢離去，都在殿裡守著。

從白天到黑夜，又從黑夜到黎明，當值守的太醫不知第幾次檢查雍帝脈搏時，驚覺雍帝已經悄然離去了。

在朝陽破曉的那一刻，皇宮中喪鐘齊鳴，新婚的紅綃被換下，頃刻間滿目素縞。

皇帝殯天，舉國大喪。

李慕歌換下喜服，穿上孝衣，率領眾臣於靈堂前跪拜，尚未完畢，宮外又傳來急報——

昨夜天津行宮失火，因喻太后強鎖宮門，導致行宮守衛未能及時進宮滅火，太后與慶王雙雙殞命於大火之中。

顧南野牽著李慕歌的手，捏了捏，低聲道：「聽說火是從殿宇內燒起來的，等守衛發現時，宮殿已經開始坍塌，進不去了。火勢撲滅後，殿中找不到太后和慶王的蹤跡，最後是在一處逃生密道中，發現兩人的殘骸。」

李慕歌滿心震驚與疑惑，不禁想到胡公公連夜被派去天津的事。

她眼中的熱淚忽然滾落，朝著雍帝的靈堂重重一拜。

雍帝不是個稱職的皇帝，沒有治理好江山，沒有照顧好百姓。他也不是一個好丈夫，沒有守護好自己的妻妾，也沒有管好後宮。

甚至，他也算不上一個好父親……

但在他最後的光陰裡，他卻為李慕歌做了一切能做的事，行了不可為卻不得不為之舉，只為了替她鋪就平順坦途，掃除一切阻礙。

李慕歌內心悲愴，淚意久久不能平復。

已升至內務總管的應公公在旁勸道：「陛下，請保重龍體。」

李慕歌還未行登基大典，但遺詔已昭告天下，她已是欽定的天子。

她再抬首，望向雍帝的靈柩，心中決議已定，對應公公道：「朕要重新翻查太祖、先皇后、宋帝師等人的命案，你可願助朕一臂之力？」

應公公滿臉震驚，但平復過後，又覺得理所當然，女帝怎麼會讓先帝背負著弒君、弒父、弒妻的罪名入陵呢？

如今，喻太后意外暴斃，她沒了偽詔的後顧之憂，必是要清算喻太后的。

「是，老奴必不辱皇命。」

顧南野上前扶起李慕歌。「我也替母親謝謝妳。」

宋勿屈死就義，成全雍帝，卻也耽誤了顧夫人的一生。為宋勿平反，便是為宋家平反。雖然顧夫人已經貴為國母，但父親的枉死，終究是她的心結。

顧南野從未在李慕歌面前要求她重翻此案，正是擔心她為難。如今她主動提了，他自當與她一起，查清喻太后的種種罪行，還世人一個真相。

新平元年春，耗時一年有餘的喻氏弄權大案終於塵埃落定，三司會審列出的喻氏罪名長達數頁，毒殺妃嬪、迫害忠良、混淆皇嗣，罪行罄竹難書。

喻氏一族，牽涉其中的相關人等下獄服罪。先太后也從皇家玉牒除名，遷出皇陵，不得與太祖同葬。

死去的人，沈冤皆得昭雪。

同年，雍帝皇陵修繕完畢，與追封為懿文皇后的女皇生母合墓同葬，謚號「懷安」。

番外一　家務事

瓢潑般的雷雨在半夜突然落下，刺目的紫電像是要把天空撕裂一般，照亮了整個皇宮。

李慕歌從噩夢中驚醒，捂著臉坐起身。

明黃紗帳外亮起一盞燈，宮人細碎的腳步聲傳來。

環環撩起一角紗帳，柔聲問道：「陛下，您被雷聲驚醒了嗎？」

李慕歌轉頭看向窗戶，明明暗暗的閃電一道道劃過，耳邊傳來如炒豆般的雨聲，神情變得憂心。

「雷雨季來了。」

一個月前，李慕歌又開始作噩夢，夢裡的她，還是那個屈居在太玄觀的公主，但情節不同了。

燕北王攻破京城後，太玄公主和李氏眾皇族一起被綁上宮門。

宮門外，舉著顧字軍旗的，是顧南野率領的西嶺軍。

燕北王以皇族性命相要脅，逼顧南野退兵，顧南野拒不從命，於是太玄公主第一個被扔下宮牆。

她以為自己必死無疑，卻意外在西嶺軍救治下，活了下來。

顧南野終究顧忌著人質的性命，帶兵撤退到長江以南，自立為王，與燕北王劃江而治。

太玄公主也隨軍隊到金陵，隱姓埋名，安定下來。

在李慕歌以為前世的太玄公主就是這樣度過餘生時，天降大禍，在一個雷雨季中，長江決堤，水淹千里，百姓流離失所，亂象叢生。

顧南野外臨強敵，內有水患，處境維艱，最終在燕北王和扶桑海寇夾擊下兵敗。

彼時太玄公主雖被顧南野所救，但同住金陵的那些年，見面次數寥寥無幾。

顧南野戰死後，太玄公主感念他的忠勇，替他收屍守陵。

每每夢到顧南野戰死，李慕歌便從夢裡嚇醒。

她不停地告訴自己，如今一切都不一樣了，燕北王已死，扶桑海寇也有南洋軍震懾，顧南野重生而來，必不會讓前世的慘劇再發生。

但她還是害怕，避得了人禍，天災怎麼辦？

夢境中長江決堤的景象不斷提醒她，水患就要來了……

環環見李慕歌望著窗外發愣，端來一杯溫水給她壓驚，勸解道：「陛下不必憂心，有王爺坐鎮，這點雨算不得什麼。」

一個月前，顧南野就微服南下，去替她巡視江堤了。

臨行前，顧南野也是這般安慰她。「這雨不算什麼，前世的長江決堤，與其說是天災，其實是人禍。」

一年多前，顧南野從工部尚書的位置上退下來，時日雖短，但已整頓了水利。

如今回想，那時的顧南野早在為防禦水患做準備。

李慕歌心中稍定，這般未雨綢繆，應當無礙才是，便吩咐環環。「若有王爺的消息，立刻呈上，一刻也不許耽擱。」

環環笑著應了。「是。陛下，您快歇息吧，明日一早還要議事呢。」

李慕歌重新躺下，小小的身子，越發顯得龍床太空。

她側過身子，摸摸顧南野的枕頭，彷彿還能感受到他的氣息。

他們成婚已滿一年，但兩人都被政務纏身，聚少離多。

李慕歌嘆口氣，不知是夜雨作祟還是怎的，突然非常非常思念他。

天亮後，環環再次進到寢殿，帶著洗漱的宮女服侍李慕歌梳洗。

整夜無眠的李慕歌披著睡袍，坐在鏡前梳頭，忽然聽到養心殿外傳來一陣喧囂。

她驚訝地問環環。「我似乎聽到馬兒嘶鳴的聲音？何人如此放肆，竟敢在宮內縱馬？」

環環也嚇一跳，正要吩咐人去查看，卻見李慕歌猛地站起來，往殿外跑。

除了顧南野，何人敢在宮內縱馬？

李慕歌連鞋都沒來得及穿，赤著腳拾階而下，衝著殿前的人跑去。

顧南野尚未下馬，便見到一抹纖細的明黃身影從養心殿跑出來，立刻一躍而下，抬步迎上去。

雨後的清晨，空氣中帶著一絲涼氣。

顧南野伸手接住撲過來的人兒，不滿地說：「怎麼披著睡袍就出來了？雖然入夏，但早晨還是有些涼的。」

李慕歌從他懷裡抬頭，忽略他的嘮叨，問道：「你今日回宮，怎麼不提前告訴我？」

顧南野摸摸她因奔跑而被風吹亂的髮。「路途遙遠，不知幾時能到。怕妳憂心，就沒提早說。」

李慕歌這才發現，顧南野的衣服全濕透了，可見他是連夜冒雨趕回來，心疼極了。

「不差這一時半刻，你幹麼要趕夜路呀，還冒著大雨。」

顧南野笑著鬆開李慕歌，怕自己身上的濕氣過到她身上。

但鬆開後他才發現，她居然是打著赤腳的，睡裙和腳板都泡在積水中，立刻將李慕歌打橫抱起，往養心殿走去。

李慕歌紅著臉，小聲道：「快放我下來，讓宮人看到了不好。」

顧南野笑著，低聲打趣她。「陛下思君心切，赤腳相迎，宮人早看在眼裡了，臣抱一抱妳，又算什麼？」

李慕歌的臉更紅了。

進養心殿後，環環取來乾淨的衣服，給他們更換。

顧南野揮手讓環環退下，親自拿乾毛巾，幫李慕歌擦腳。

李慕歌不好意思地縮了縮。「我自己擦。」

顧南野微微用力捉住她的腳，將她拉近他。「我先幫妳，等會兒妳再幫我，好不好？」

李慕歌眼眸微顫，悄悄抬眼，目光落到顧南野身上。

濕透的衣服緊緊包裹著他，隱約可見下面的強健體魄。

她咬唇應道：「好。」

擦完腳，顧南野拉起李慕歌，伸手解開她已濕的衣裳，取來乾淨裙子，大手滑過她的細腰，慢慢替她穿好。

李慕歌感受著腰上似有若無的力道，渾身都繃緊了。

「換妳了。」耳邊響起顧南野低沈的聲音。

李慕歌仰頭，故作鎮定地抬手解開顧南野的圓領袍，露出裡面的中衣和褲子。

中衣紮在褲子裡，這就得脫褲子了。

李慕歌遲疑著，沒有動手。

顧南野眼中含著笑意，打量李慕歌的尷尬模樣。「陛下，為夫身上濕透了，很冷的，妳快些。」

李慕歌聽出他話裡的逗趣語氣，生出一絲羞惱，推了顧南野一把。

「王爺身上滾燙得很，哪裡冷了？再說了，你幫我換件裙子，我幫你換件衣服，已經扯平了，其他的……你自己換！」

顧南野沒忍住，笑出聲，捉住要轉身離去的李慕歌。「陛下是一國之君，不許食言。」

話音剛落，便低頭吻住了李慕歌。

夫妻兩人月餘未見，早已思念成疾，一吻之下，再也顧不得什麼羞惱。

李慕歌軟軟地倒在顧南野懷裡，任他奪取。

可顧南野卻故意握住她的手，放到他的褲腰上。

「答應的事，要做完……」

李慕歌被他吻得頭腦發昏，只得顫著手，去解他的褲帶。

最終，還是顧南野嫌她慢，自己褪了所有濕衣服，和她一起滾到床上。

李慕歌被壓在溫暖的胸膛下，閉著眼，不好意思看他，耳邊聽顧南野嘀咕道：「早知要脫，剛剛就不必幫陛下換裙子。」

李慕歌咬著牙。「王爺何時變得這麼多廢話？」

顧南野暗笑一聲。「陛下急了？為夫這就來了。」

龍被翻浪中，李慕歌忽然記起一事。

「哎呀，不行！我請劉總理來議事，此刻該到了。」她登基後，組了新內閣，劉閣老升為劉總理。

顧南野卻把她死死按在身下，眼中似是冒著火，道：「來不及了，陛下還是先處理為夫的要務吧……」

養心殿前殿中，環環為幾位內閣大臣端上熱茶。

「王爺剛剛回宮，此刻正向陛下商議南方水利之事，還請各位稍等片刻。」

劉總理點頭。「今年雨水頗多，昨夜京城下了這麼大的雨，何況本就多雨的南方？也不知顧親王帶回的是好消息，還是壞消息？」

環環笑著說：「想必是好消息吧。」

等李慕歌梳妝好，來到前殿時，已近午時。

讓大臣們等這麼久，李慕歌十分不好意思。

不過，內閣大臣們也未浪費時間，借用她的養心殿，把要討論的政務討論得差不多。

昨晚李慕歌睡得不好，早晨被顧南野一番鬧騰，早已精疲力盡，如今聽大臣們議事，是強撐著精神的。

因早上耽誤時辰，李慕歌只得傳膳，跟大臣們一邊用飯、一邊處理政務了。

好不容易把大臣們送走，已到午後，正是睏倦的時候。
李慕歌立刻趴在桌案上，動都不想動。
熟悉的腳步聲響起，李慕歌知道是顧南野來了。
她未睜眼，嘀咕道：「我累得手都抬不動了，可還有成堆的奏章要批……」
顧南野坐到龍椅上，把她抱上膝頭，如教小兒寫字般，握著她的手。
「我陪陛下一起看。」
若讓大臣們看到顧南野就這樣坐在龍椅上，必要嚇得彈劾親王不尊，可對他們夫妻來說，這已是很尋常的事。
兩人一起看了幾份奏摺，李慕歌的精神稍微好了點，便問顧南野。「這次南下巡查，江堤沒事吧？」剛才還沒來得及說這件事。
顧南野道：「我守著，等洪水過了才離開，陛下放心吧。」
李慕歌的睡意立刻消散了，板著臉站起來，瞪著顧南野。「你不是答應我，會在洪水來之前離開嗎？為什麼要冒險？」
畢竟前世發生過決堤的事，李慕歌在送顧南野南下前，十分擔憂。
顧南野牽著她的手，安撫道：「數年前我已在工部安插親信，逐步改革水利跟吏制，兩年前，又親自監督，重修江堤。我相信自己，也請陛下相信我。」
李慕歌不依，發了脾氣。「水利修得再好，也無法確保萬無一失。要是碰上百年、千年不遇的洪水，怎麼辦？如果出事，你可想過我？」

顧南野把她拉進懷裡，強行摟住，哄道：「想過妳，時時刻刻都想著妳。可是陛下，妳如此顧念為夫，是打算為我做個昏君嗎？」

若是明君，必會命臣子死守江堤，人在堤在，堤毀人亡。

「我不管……你不一樣！」李慕歌說著，眼淚都要急出來了。

她一直都覺得，顧南野不愛惜自己。

無論是當初帶領西嶺軍闖入虯穹王庭，還是以身犯險，潛伏到燕北誅殺燕北王，抑或這次的親身守堤，不管會不會有生命危險，他都會衝上去。

顧南野見她真的急了，輕輕吻去她眼尾的淚珠，低聲道：「歌兒，我的確不一樣，得老天眷顧，給了重來的機會，前世沒能挽回的悲劇，這一世，我想親手挽回。這是我的心願，也是我的心結，我沒有辦法置身事外。」

「可是，我再也不想替你收屍守陵了。」李慕歌一出聲，便哽咽起來。「你不知道，我在夢裡看到冰冰涼涼、死無全屍的你，有多害怕！」

她泣不成聲，顧南野的心也揪緊了。

他一下一下輕輕拍著她的背，柔聲安慰道：「歌兒對不起，我知道錯了，以後再也不會犯險。」

李慕歌覺得他這個保證一點分量都沒有，發狠地說：「我告訴你，你要是有個三長兩短，我也不活了，我一定會死的！」

顧南野板起臉，嚴肅道：「不許胡說八道！」

李慕歌被噩夢纏身一個月，眼下十分沒有安全感，帶著幾分賭氣的意味說：「不是胡說八道，不信你試試！」

顧南野被氣笑了，把她按在龍椅上，朝她屁股上狠狠打了一掌。「妳要試什麼？我說了，不會再去冒險，妳也不許輕率地說生道死。」

李慕歌從未被人打過屁股，她已為人婦，又是一國之君，根本不是小孩子，這一掌打得她面紅耳赤，羞得除了哭，什麼都說不出來。

顧南野見她哭得上氣不接下氣，有些手足無措。

哄也哭，訓也哭，這該怎麼辦？

他手忙腳亂地把人抱起來。「別哭了、別哭了，以後妳說怎樣，我就怎樣，好不好？」

李慕歌悶著頭掉眼淚，不說話。

顧南野抬起她的下巴，逼著她看他。

「嗯？說話。以前從不鬧脾氣的，怎麼現在反而嬌氣了？」

李慕歌漸漸止住哭泣，但別過頭去，不理他。

顧南野實在沒轍了，狠狠在她脖子上咬了一口，開始扯她的腰帶。

李慕歌被他突然發瘋的樣子弄懵了，驚慌地問：「你幹什麼呀？不要胡鬧！」

顧南野把她壓在寬大的龍椅上，惡狠狠威脅道：「只許陛下生氣，就不許為夫胡鬧？」

李慕歌敵不過他的力氣，一邊手忙腳亂地想拉起衣服、一邊去看殿裡有沒有宮人。

見顧南野沒有停手的架勢，李慕歌有點慌了。「你做什麼渾事，這裡可是養心殿！」

顧南野笑道：「我現在做的，可是關係國家社稷的大事，在養心殿做正好。以後咱們也好告訴兒女，他們是在龍椅上出生的。」

「呸！我怎麼沒發現王爺變得這麼沒臉沒皮了，還好意思跟孩子們說。」

說著，李慕歌似是想到未來孩子會問顧南野。「父王，我是從哪裡來的呀？」

而後，顧南野便一本正經地說：「你是從龍椅上來的。」

李慕歌被自己腦海中的情景逗笑了。

顧南野見她不鬧脾氣了，不再瘋鬧，而是委屈地說：「歌兒，今日是咱們大婚一年的日子，妳是不是完全不記得了？」

李慕歌驚訝地看著他，她真的忘了。

顧南野繼續說：「你們中午散後，劉總理特地去找我說話，問宮裡御醫是不是不頂用，要不要請民間名醫瞧瞧。」

李慕歌緊張地問：「你哪裡不舒服？為什麼要看大夫？」

顧南野道：「因為，咱們成婚整整一年了，可妳的肚子半點動靜都沒有！」

李慕歌瞠目結舌，原來催孕的事真的會發生。但她今年還不到二十，顧南野也才二十多歲，急什麼？

不等她回神，人已被顧南野從龍椅上撈起來，抱著往寢殿走去。

「陛下，如今外事無憂，內務無患，是時候處理家務事了。」

李慕歌很想說，上午他們才處理過家務事，但一想到顧南野的男人尊嚴被人質疑，就覺得更努力一點，好像也是應該的。

「剛剛你不是說……要在龍椅上嗎？」

顧南野腳步一滯，捏了捏李慕歌的下巴，滿是興味地點頭。

「是，陛下，微臣遵命。」

番外二　平安長樂

天津行宮的御園，與京城皇宮的御花園不同，栽種了成片的茂林。

盛夏時節，知了黏在高樹上，聒噪地叫個不停。

雍帝負著手，在御園的一處石碑前焦躁走動，時不時看紋絲不動的石碑一眼，熱得汗流浹背，仍沒有離開。

石碑忽然動起來，發出沈悶的磨擦聲，緊接著，底座下露出一條巨大的地下通道。

雍帝疾步上前，一個白面太監從地道中爬出來，正是雍帝的親信胡公公。

雍帝見胡公公身後空空如也，不滿地問：「師姊呢？」

胡公公滿臉愧色地行禮。「皇上，奴才未能把人接來。」

雍帝一臉失望，低聲問：「她怎麼說？」

胡公公猶豫著，終是咬牙，如實說道：「宋姑娘說，如今朝局對皇上十分不利，皇上不能因為她而放棄新政，懇請您以大局為重，不要再找她了。」

雍帝一愣，在樹蔭中呆站一會兒，也賭了氣。

「她必定是在怪朕，居然立喻氏為后。可朕已經搬到行宮來住，不與皇后同房，她還要朕怎麼樣？」

半年前，雍帝在喻太后的擁戴下繼承帝位，登基的同時，被喻太后安排，娶了她的姪女為皇后。

但雍帝與帝師宋勿之女宋長樂同窗數年，早已對她情根深種，原本想著立喻氏為皇后，再納宋長樂為妃，朝政情事兩不誤。

可他怎麼也沒想到，大婚之後，事情就變了。

雍帝還是皇子時，便開始跟隨宋勿學習時政，宋勿主張改制立憲，但一直不被先帝採納。現在他的學生好不容易登基了，第一件事便是上書，請雍帝推行新政。

宋勿的新政削弱了宗室的權力，又威脅百官利益，除了文人志士和底層百姓的支持，在朝中幾乎是一片反對聲。

宋家舉目皆敵，宋長樂要進宮，自然是難上加難。

喻皇后不許宋長樂進宮，宋長樂自己也不願意，偏偏喻皇后和宋長樂用的藉口都一樣，都說是為了他和雍朝好，好似只有他是那個要美人、不要江山的昏君。

胡公公小聲勸道：「皇上，宋姑娘不是會耍性子的人，如今無論宗室或大臣，都盯著宋家不放，此刻硬把宋姑娘接進宮，的確不合適。待過了這陣風口浪尖的日子，再設法去接她，也還不遲。」

雍帝嘆氣。「只能如此了。」

他原以為，當了皇帝，事事便能由自己做主。

現在卻發現，哪一件事，他都做不得主。

夏去秋來，雍帝在天津行宮住了小半年。

中秋節前夕，京城送信來，喻太后問他何時回宮？

他原是藉著避暑的名義離京，如今暑氣已退，沒了藉口，只得擺駕回宮。

左拖右拖，雍帝的儀駕在中秋節前一天抵達，喻皇后領著新選進宮的左氏、文氏、安氏等妃嬪在宮門接駕。

儀駕進了後宮，雍帝見過眾妃，便要去養心殿。

喻皇后匆匆上前，道：「皇上，臣妾有要事稟奏，還請皇上移駕坤寧宮。」

雍帝不喜喻皇后，看到她，就想到喻太后，那個把他當成傀儡的老女人。但他大半年不在宮裡，喻皇后許是有事要請示他，只得耐著性子應付。

一進慈寧宮，雍帝便看到一個宮女跪在正殿。

他坐上主位，問喻皇后。「這個宮女犯了何事，竟要朕親自問罪？」

喻皇后命左右宮人退下，連殿門都鎖上後，才道：「皇上，您還記得她嗎？」

雍帝皺眉看了兩眼，待認出跪在下面的女子之後，臉色突然變得很差，簡單嗯了聲，算是回應。

宮女柯氏，原是喻太后身邊的人。

在雍帝下決心為了皇位娶喻皇后時，因心中苦悶，失意之下喝得大醉。酒醒後，卻發現柯氏躺在他的床上。

他不知道自己怎麼會做出這種糊塗事，唯一能想到的，便是喻太后故意算計他，在他身邊安插眼線。

在給柯氏良人的身分後，雍帝再沒見過她，此時能想起她，還是因為當時震驚太過。

喻皇后說：「皇上，柯良人懷了龍嗣，如今已經有七個月身孕了。」

雍帝震驚看去，這才發現，柯氏衣服寬大，顯得身子格外的胖。

喻皇后見他驚訝得說不出話，直接道：「這一胎若是男孩，就是皇上的長子。皇長子尊貴，可柯氏身分低微，實在不配撫養他，所以想請皇上把皇長子交給臣妾教養。」

一直惴惴不安的柯氏，聽聞喻皇后的話，霎時緊張起來，跪著爬向雍帝。「這是妾身的孩子，求皇上讓妾身撫養！」

雍帝本就厭惡柯氏爬上龍床算計他的事，如今見她想母憑子貴，更是厭棄。

「皇后是嫡母，皇長子自然該交由皇后撫養。」

喻皇后滿意地一笑。「臣妾謝過皇上。」而後喚宮人進來，把不停掙扎的柯良人帶下去養胎了。

待到夜間，坤寧宮的嬤嬤神色慌張地來找喻皇后。

「皇后娘娘，不好了！柯氏那個賤人偷跑去慈寧宮找太后娘娘，不知她說了什麼，太后娘娘宣您立刻過去。」

喻皇后正在梳妝檯前拆髮飾，氣得將鳳釵拍在桌案上。

「真是可笑，她找姑母做什麼？難道還指望姑母為個宮女為難本宮嗎？本宮倒要看看，她要怎麼留住那個孩子！」

金秋時節，正是吃蟹的時候，賣蟹的商人挑著兩筐螃蟹送到宋府。

宋長樂命家僕將螃蟹好生養在水缸裡，去了泥沙後，再送去柱國公府，孝敬她的義母連夫人。

這邊剛安排妥當，便聽家僕稟報。「姑娘，柱國公夫人來了。」

宋長樂驚訝地問：「義母親自過來了？快迎。」

她心中納悶，連夫人極少親自來宋家，即使有事找她，也是接她去柱國公府，今日這是怎麼了？

待宋長樂行至府門前，瞧見連夫人滿臉峻色，心中暗驚，迎她入府後，立刻讓家僕閉門謝客。

連夫人神色嚴肅地拉著宋長樂的手，走進她的閨房，待左右無人，才慎之又慎地開口。

「長樂，昨晚喻皇后歿了。」

宋長樂驚恐地睜大眼睛，好半晌才道：「怎麼會……」

連夫人是極正派的人，告訴宋長樂這個消息，絕不是來嚼舌根的。

她壓低聲音，吩咐道：「皇后去世，宮內還未發喪，但喻太后命京軍衛包圍養心殿，逼皇上給她一個交代。」

宋長樂更是震驚，失態地站起身。「皇后的死，與皇上有什麼關係？」

連夫人道：「皇后是吃了皇上賞賜的秋蟹後暴斃的。」

宋長樂身子微顫，喃喃道：「不會的……師弟不是這樣的人，一定是有人害他。」

連夫人安撫她。「妳別慌，國公爺已經進宮，他定會護著皇上。只是……」為難地看著宋長樂。「只是妳父親也被牽扯其中，下了獄。」

宋長樂渾身都涼透了。

她非常清楚，喻皇后的死，不管跟雍帝或她父親有沒有關係，喻太后、宗室甚至百官，都會利用這件事脅迫雍帝，逼他放棄新政。

連夫人還在說：「宮中已傳出消息，說皇上是為了立妳為后，才下手毒殺喻皇后。這等無稽之談，自然沒人敢信，但宗人府的人會來找妳問話。我匆匆趕來，是要接妳去柱國公府，諒那些人不敢在我府裡胡亂抓人。」

雍帝被囚、父親被抓，她也被人質疑，沒有比這更糟的局勢了。

宋長樂徹底冷靜下來，飛快理清思緒。

「如今皇上和父親只剩下國公爺這個依靠，此時我怎能搬去柱國公府，將禍水引到您身上呢？請您速速回府，萬事以皇上為重。剩下的事，我會想辦法。」

連夫人著急。「妳父親都被抓了，妳能想到什麼辦法？不要意氣用事，快跟我走。」

宋長樂悲戚地搖搖頭。

「女兒不是意氣用事。無論喻皇后因何而死，喻太后一直視我為眼中釘，此事之後，我再不可能留在京城。只要我在京城一日，就會成為皇上的掣肘，遭人算計，父親也無法施展拳腳，幫皇上推行新政。」

連夫人沈默嘆氣。

雍帝對宋長樂的喜愛，滿京城的貴婦都知道。

在雍帝還是個不起眼的皇子時，便回絕替他說親的貴夫人們，道此生非師姊不娶。這些事，在他大婚時，還被人翻出來當笑話說過。

連夫人再三勸說，宋長樂依然不肯去柱國公府避難。

連夫人無奈，只好先行回府，再幫她打聽宮裡的消息。

送走連夫人後，宋長樂獨自在屋內坐了一下午。

待到黃昏時，她喚來乳母辛嬤嬤，吩咐道：「揀二十隻活蟹，替我送到顧家去。」

辛嬤嬤聽了，滿臉震驚，立時出聲斥責。「姑娘這是做什麼？為什麼要搭理那些沒臉沒皮的人？」

二十年前，顧家曾對落難的宋勿有恩，宋家便與顧家許下兩姓之好。如今顧家人知道宋勿當上帝師，發達了，便尋跡找到京城，要宋家履行婚約，把宋長樂嫁給顧家那個做菜販的兒子。

宋勿不曾料到自己會有這番際遇，對昔日的婚約自是悔恨不已，但作為有氣節的文士，哪怕再捨不得，他也只能咬著牙，勸女兒嫁進顧家。可又因為雍帝的干預，讓他不敢隨意簽下婚書，擔心替顧家招來滅門慘禍。

顧家自然不知道雍帝垂青宋長樂的事，只想著攀附上宋家這棵大樹，舉家來到京城，賴上宋家不走。

平日，宋長樂對顧家人避之唯恐不及，今日卻要主動送蟹，顯然已有了決定。

辛嬤嬤心疼得紅了眼睛，急道：「姑娘三思，您怎麼能下嫁給那樣的市井流氓，萬萬不可啊！」

宋長樂掐住自己的手心，忍著痛解釋。

「若我不嫁進顧家，滿朝大臣便會攻訐父親失信，彈劾他德行有缺，不足以擔負推行新政的大任，太后也會質疑，皇上是為了我，才對皇后下毒手。唯有我嫁了，父親和皇上方能脫困。」

辛嬤嬤不懂國家大事，但她知道，自家姑娘決定的事，再無改變的可能。

她大哭著，猛拍大腿。「哎喲，我的姑娘，這到底是造了什麼孽啊……」

同年冬日，一輛掛著紅色絹花的馬車，徐徐駛出京城。

身染重疾的帝師宋勿，與胡公公一起在城門前，目送宋長樂南下。

胡公公側過身，抹了下眼淚，低聲道：「這可如何是好？奴才怎麼跟皇上交代？」

雍帝雖已洗脫毒殺喻皇后的嫌疑，但依舊被喻太后禁足宮中。

宋長樂出嫁之前，曾修書一封給雍帝，勸他勤勉執政，以國家為重，她是自願出嫁，請他不要遷怒任何人。

雍帝看到信時，氣得險些昏倒在地，但他實在無法衝破守衛，只得命胡公公出宮，替他挽留宋長樂。

可胡公公又能怎麼辦呢……

六年後，已經親政的雍帝，決定開始自己的第一次南巡。

按照計劃，皇帝儀駕自京城往東，經過東部三道，抵達金陵，再往南經南六部到羊城，最後從腹地荊州十二道北上回京。

但南巡的車駕走到金陵，就停住了。

雍帝說他喜歡金陵的人與物，不顧隨行官員的反對，一住便是三個月。

只有胡公公知道，這幾個月，雍帝寫了數十封信給金陵顧府，但宋長樂一封都沒有回。

在金陵住滿整整三個月那天，雍帝惆悵地對胡公公說：「她必是怪朕沒有保護好宋先生，鐵了心不願見朕。」

胡公公寬慰道：「皇上，您還不了解宋姑娘嗎？她知道先生是為了江山社稷而就義，不會怪您的。」

「那她為何不願見朕？朕只是想見見她……」

胡公公嘆了口氣，宋長樂已嫁為人婦，如何能見他？

皇命難違，若雍帝執意要接她走，她豈做得出拋夫棄子的事？

如此，乾脆不見，最為妥當。

胡公公沈默，終是沒有將實話道破。

離開金陵之前，雍帝帶著胡公公，悄悄去顧府門前的街道走了一圈。

他遙遙望著顧府的牆頭。「朕從未想過，這輩子會再也見不到她。」

話音剛落，顧府的門從裡面打開一條縫，兩個半大的孩童從院子裡溜出來。

跑在後面的那個，奶聲奶氣地喊前面個子高的男孩。

「小野，你跑慢點，我跟不上！」

個頭高的男孩站在街上，回頭喊道：「宋夕元，你再拖我後腿，我就不帶你出來玩了！」

後面的小孩氣喘吁吁地跑上前，拉起男孩的小手。「外面有很多壞人，你別丟下我。」

兩個孩子正說著話，瞧見一名模樣溫和、穿著富貴的青年男子走到他們身邊。

雍帝問道：「你們是顧家的小孩？」

個子高的男孩仰頭，一臉警惕地問：「幹麼，你是誰？」

雍帝蹲下身，仔細地打量著眼前的孩子。小男孩長得很漂亮，眉眼之間，都是宋長樂的影子。

一時間，雍帝百感交集，帶著幾分說不清的意味道：「我是你母親的朋友，替我向你母親問好。」

男孩道：「那你得告訴我，你是誰啊……」話未說完，便見男子紅著眼眶，飛快走了。

男孩越發覺得詭異。「哎，真是個奇怪的人。」

胡公公趕緊上前，把一塊玉珮塞到他手中，匆匆叮囑。「將此物交給你母親，別弄丟了。」便去追雍帝。

年僅五歲的顧南野，看著先後離去的怪人，牽起宋夕元的手。

「母親說得對，外面壞人的確很多。走，咱們回家玩吧。」

宋夕元也一臉嚴肅地點頭，趕緊跟著顧南野回去。

夜裡，宋長樂替顧南野洗臉，褪下兒子衣服時，一塊通透的翠玉突然掉出來。

她撿起玉珮看了一眼，頓時心亂如麻，京城往事歷歷在目。

但她從不後悔當初的選擇，她沒有冒險去賭那潑天的富貴，而是選擇可以把握的平安。

若無平安，何來長樂？

她將玉珮收起來，放在玉觀音座下，對著玉觀音拜了幾拜，祈求菩薩保佑她的君主、她的國家，能夠國泰民安，平安長樂。

——全書完

2020年6月出版

豪門小農女

文創風 854～857

前生英勇殉職，怎麼再醒來卻變成弱不禁風的農村小丫頭？
連門檻都跨得喘吁吁，手無縛雞之力，怎麼在異世活下去？
而且她不僅自己穿來，竟然連警犬小夥伴與前世戀人也一起來了——

未了情緣穿越再續 古今交錯情生意動／灩灩清泉

沒想到自己英勇殉職，在別人眼裡是個真英雄，卻穿到這個異世小農村，
只能當個連門檻都跨不過的弱丫頭，還得想法子應付家裡的極品親戚，
誰知竟然遇上前世的小夥伴——警犬元帥！
但最離奇的不是狗也能穿越，
而是前世已死的戀人葉風竟然就是元帥的主人，甚至還活得好好的——

文創風
866

富貴桃花妻 3 完

國家圖書館出版品預行編目資料

富貴桃花妻 / 凌嘉著. --
初版. -- 臺北市 : 狗屋, 2020.07
冊 ; 公分. -- (文創風)
ISBN 978-986-509-123-1(第3冊 : 平裝). --

857.7　　109007941

著作者	凌嘉
編輯	安愉
校對	王冠之
發行所	狗屋出版社有限公司
地址	台北市104中山區龍江路71巷15號1樓
電話	02-2776-5889～0
發行字號	局版台業字845號
法律顧問	蕭雄淋律師
總經銷	知遠文化事業有限公司
電話	02-2664-8800
初版	2020年07月
國際書碼	ISBN-13　978-986-509-123-1

本著作物由起點中文網（www.qidian.com）授權出版

定價260元
狗屋劃撥帳號：19001626
網址：love.doghouse.com.tw　E-mail：love@doghouse.com.tw